알바의 연봉

김명 지음

알바의 은행
김명 지음
都市銀行 CITY BANK
CAUTION : SNOWING : CAUTION : SNOWING
2nd GENE!
NANNY
ANDROID
BUY
NOW!
씨드북

목차

정전

21시 28분, 손목에 찬 워치컴이 꺼지자 사방이 어두워졌다. 알바는 한숨이 나왔다. 정전만 아니었으면 퇴근해서 엄마 집에 도착하고도 남을 시간이었다.

'금방 오겠다더니, 사장은 도대체 얼마나 더 기다려야 하는 거야.'

알바는 열이 올라 뜨끈해진 목덜미를 손바닥으로 문지른 뒤 머리를 풀어 헤치고 흘러내린 머리카락을 손가락으로 모아 다시 바짝 동여맸다. 그리고 배낭 옆구리에서 수통을 꺼내 뚜껑을 열고 물을 들이켰다. 시간을 아끼느라 갈증도 참고 일한 게 아까워서 속이 쓰렸다.

몇 시간 전, 작업 현장인 미용실에 들어설 때만 해도 알바는 사뭇 들떠 있었다. 개인 작업이니 일만 끝나면 바로 퇴근할 수 있고, 잘하면 기숙사에 들어가기 전에 엄마를 보러 갈 짬이 날 것 같아서였다. 인턴인 알바는 23시 기숙사 귀가 시간을 지키지 않으면 벌점 5점을 받는다. 통제 시스템은 엄마의 상태가 좋지 않아서 늦었다든지 하는 사정을 봐주지 않는다. 오로지 객관적인 사실을 기반으로 벌점을 매길 뿐이다. 연간 누적 벌점이 30점을 넘으면 기숙사 강제 퇴소 명령이 내려지고 회사에서도 쫓겨난다. 그렇게 되면 무료 숙식 지원이 끊기는 사태가 벌어진다.

알바는 작년까지 국가에서 지급하는 기본 생활비를 받아 엄마와 빠듯한 살림을 꾸렸다. 15세 이하의 양육 대상자에게만 주어지는 무상 혜택이었다. 올해 알바는 생산 연령 인구로 분류되었고 국가와 연계된 시스템에 소속되어 있어야 근로 청년으로 공인되어 생계 지원을 받을 수 있다.

로봇과 기계류는 시시각각 업그레이드되어 각 분야에서 사람들의 일자리를 차지했다. 하지만 자체 클리닝 기능은 완벽하지 않았다. 제아무리 첨단 기계라도 사람 손으로 정기적인 관리를 해 주지 않으면 수명이 짧을 수밖에 없었다. 오늘 알바가 청소를 맡은 미용실은 컴퓨터 스타일러와 자동 파마기 등 털고 닦아야 할 기계류가 많았다. 부품 사이사이에 머리카락과 자잘한 먼지가 잔뜩 끼어 있었으나 알바는 불평할 시간에 부지런히 몸을 움직였다.

정전이 된 건 기계류 청소를 모두 마쳤을 때였다. 유리창 밖을 내다보니 주변 상가 지역은 어둠에 갇혀 있고 길 건너 도심 유흥가 쪽은 훤했다. 알바는 비상용 랜턴을 켠 채로 바닥 청소를 하고 고객용 소파의 먼지를 닦아 냈다. 시간 손해를 보지 않으려 기를 쓴 덕분에 예상했던 시간과 비슷하게 일을 마쳤지만, 복병은 엉뚱한 곳에 있었다. 본사에 작업 종료를 보고한 뒤 나가려는데 출입문 수동 스위치가 작동하지 않았다. 통유리 문틀을 두 손으로 잡고 아무리 밀어 봐도 소용이 없었다. 누군가 밖에서 문을 열어 주지 않으면 밖으로 나갈 방법이 없었다.

'미용실 사장에게 다시 연락해서 어디쯤 왔는지 물어볼까.'

알바는 아랫입술을 잘근잘근 씹으며 창밖을 기웃거

렸다. 곧 오른쪽 통창 너머로 사람인 듯한 그림자가 보였다. 검은 실루엣은 미용실을 향해 느릿느릿 걸어오고 있었다. '사장이다.' 알바는 문이 열리면 바로 튀어 나갈 작정으로 출입문에 바짝 다가섰다. 그때 팟, 소리와 함께 사방이 환해지며 자동문이 작동했다. 알바는 눈이 부셔서 눈을 뜰 수가 없었다. 사장이 알바 옆을 스치듯 지나 미용실 안으로 들어갔다. 진한 향수 냄새가 코를 찔렀다. 알바의 뒤통수에 대고 사장이 볼멘소리로 투덜댔다.

"이럴 줄 알았어. 조금만 기다리면 전기 들어온다니까."

미간을 찌푸린 채로 알바가 뒤를 돌아보았다. 사장이 마땅치 않은 표정으로 가게 안을 휘둘러보고 있었다. 걸쭉하고 낮은 음성에 어울리지 않게 사장은 키가 작고 왜소한 체구의 젊은 여성이었다. 두껍게 쌍꺼풀진 눈을 치켜뜨고 미용실 사장이 퉁명스럽게 말했다.

"내 말이 맞았잖아. 레트로 놈들은 30분 넘게 전기를 끊는 법이 없다고."

사장과 눈이 마주친 알바는 침을 꿀꺽 삼켰다. 상대는 청소 작업을 평가할 고객이다. 인턴 생활 3개월, 고객님에게 시간 낭비 어쩌고 하는 말을 해 봤자 눈곱만큼도 유리할 게 없다는 것쯤은 알바도 터득했다.

"네, 사장님 말씀이 맞았네요. 그럼 이만 가 보겠습니다."

"아아, 잠깐!"

발을 떼려다 알바는 눈을 질끈 감았다. '제발 청소 상태를 다 점검할 때까지 기다리라고 하지 않길.' 사장이 다소 누그러진 어조로 말했다.

"이리 와 봐요. 잠깐만 좀 봅시다. 아니, 내가 그쪽으로 갈게."

용무가 있다는 고객에게 계속 등을 보일 수는 없는 노릇이었다. 알바는 얕게 숨을 내쉬고 뒤로 돌아섰다. 어느새 사장이 코앞까지 와 있었다. 알바의 눈길이 사장의 메탈그레이색 머리칼에 머물렀다. 굵게 웨이브 진 머릿결이 불빛을 반사하며 오묘하게 반짝거렸다. 사장이 부담스러울 정도로 빤히 알바를 올려다보았다. 슬그머니 눈을 피하면서 알바가 물었다.

"혹시 하실 말씀이 있나요?"

"쉿, 잠시만 조용."

사장은 자세를 바꿔 가며 알바의 얼굴을 앞에서 봤다

가 옆모습을 번갈아 보았다. 처음 겪는 상황이어서 알바는 온몸에 힘이 들어갔다. 사장이 한 발 뒤로 물러서더니 눈을 가늘게 뜨고 감탄했다.

"세상에, 이 피부 좀 봐. 자연스럽게 휜 콧날이며 길게 빠진 눈매가 멋지구나."

무슨 의도로 이런 말을 하는지 파악하려고 알바가 사장에게 시선을 돌린 순간이었다. 뼈마디가 앙상한 노인의 손이 알바의 볼을 향해 돌진하는 게 아닌가. 알바는 재빨리 고개를 돌려 사장의 손길을 피했다. 사장은 당황한 듯 손의 방향을 바꿔 자기 목에 두른 진홍색 스카프를 매만졌다. 흑갈색 반점으로 얼룩진 손등이 온통 주름투성이였다. 옷소매를 끌어당겨 손을 가리면서 사장이 민망한 미소를 지었다. 알바는 사장의 얼굴과 손을 번갈아 보며 눈을 떼지 못했다. 인공 피부를 직접 본 것은 처음이었다. 웬만한 부자가 아니면 엄두도 못 낼 만큼 시술비가 비싸다더니 그럴 만도 했다. 팽팽하고 윤이 나는 얼굴 피부에 대조되어 사장의 늙고 메마른 손이 오히려 특수 분장처럼 보였다. 30대 중반으로 보이는 얼굴에 족히 아흔 살 이상은 돼 보이는 늙은 손이라니.

'그런데 손은 왜 안 했을까?'

알바의 생각을 읽기라도 한 것처럼 사장이 자기 손에 대한 변명을 늘어놓기 시작했다. 컴퓨터 자동 기계가 저렇게 많아도 마지막 스타일링은 자기 손에서 완성된다는 둥, 그러니 잘못 튜닝했다가 손에 감각 떨어지면 큰일이라는 둥. 알바는 주변에서 흔히 볼 수 있는 인공 신체 이식자들을 떠올렸다. 그들은 노동력을 올리기 위해 파워암이나 파워레그를 장착했다. 그런데 이 사람은 손재주를 잃을까 봐 자연 그대로의 모습을 유지해야 한다고 말하고 있다. 알바는 인공의 능력이 무조건 최고는 아니라고 말하는 사람을 처음 보았다. 한참 자기 말을 늘어놓다 말고 사장이 자세를 고치며 사과했다.

"그나저나 실례했어요. 어린 사람을 오랜만에 봐서 내가 제정신이 아니네."

실례라는 단어에 알바도 인공 피부를 훑던 시선을 얼른 다른 데로 돌렸다.

"이제 가도 될까요?"

"그래요. 그만 가 봐요."

알바가 돌아서려고 하자 사장이 알바의 팔을 덥석

잡았다. 그러고는 타이르듯 속삭였다.

"부디 자연스러운 이 모습 잃지 말아요."

알바는 표정이 일그러졌다. 이대로 살라고? 파워 신체를 장착하지 않으면 평생 단가 낮은 일밖에 못 할 텐데. 인공의 힘으로 젊음도 얻고 돈도 버는 사장이 할 충고는 아니었다. 알바는 불쾌함을 보이지 않으려고 서둘러 출입문을 빠져나왔다. 그리고 몇 걸음 나아가다 우뚝 멈춰 섰다. 엄마에게 가려면 반대 방향으로 갔어야 했다. 갑자기 피로가 훅 밀려왔다. '그냥 내일 아침에 갈까.'

인력 공급 업체인 용역 회사에서 할당받는 작업은 불규칙했다. 게다가 인턴 수당은 생필품 비용을 감당하기에도 부족했다. 알바는 자유 시간을 쪼개 가며 파트타임 작업을 해 부족한 돈을 충당하고 적게나마 저축도 하고 있다. 오늘은 새벽 6시에 일어나 햄버거 가게에서 오전 내내 인공육 패티를 구웠다. 손님이 어찌나 몰리는지 추가 근무까지 했다. 기름 냄새 밴 작업복만 겨우 갈아입고 현장으로 출근해 오후 3시부터 건물 방역 작업을 시작했다. 두 명씩 세 개의 팀으로 흩어져 51층짜리 쌍둥이 빌딩 소독을 마치고 나니 미용실로 가면 딱 맞을 시간이었다. 엄마를 볼 수 있으리라는 기대로 버텼건만, 막판에 정전되고 일이 꼬이는 바람에 진이 빠졌다. 알바는 잠시 갈등했다. 꼽아 보니 엄마를 못 본 지 열흘이 넘었다. 알바는 흔들렸던 마음을 다잡고 뒤로 돌아섰다.

50미터 전방에 공용 보드 거치대 부스가 보였다. 보드를 이용하면 시간을 벌 수 있으리라. 알바는 부스를 향해 빠르게 걸었다. 그런데 알바의 눈에 수상한 움직임이 포착되었다. 부스 앞에 서 있던 사람이 슬그머니 부스 뒤로 몸을 숨기는 게 아닌가. 조금 전 알바가 돌아섰을 때 멈칫하더니 발걸음을 멈춘 그 사람이었다. 싸한 느낌이 들었다. 사방을 둘러보니 골목 안이 컴컴했다. 도로 양측에 늘어선 상점들은 모두 영업이 끝나 오가는 사람도 없었다.

어제 본 뉴스가 알바의 머릿속을 스쳤다. 자정 무렵 변두리 유흥가 뒷골목에서 발생한 인공 신체 강탈 살인 사건 소식이었다. 연일 보도되는 흉악한 범죄 사례가 떠오르자 불길한 생각이 꼬리를 물기 시작했다. 기숙사 입구 벽에서 본 레이저 빔 게시판 속 현상 수배범들의 험상궂은 모습이 눈에 어른거렸다. 레트로의 납치 및 암살에 관한 괴담까지 떠올랐다. 레트로는 무작위로 전기 공급을 끊는 게 아니라 그 지역에 어떤 목적이 있다는 것이다. 목격자가 속출하고 있다는 괴담의 내용은 상당히 구체적이었다. 정전되고 5분 뒤 지역 안으로 검은 차량이 미끄러지듯 들어온다. 차량이 멈추면 검은 옷을 입은 사람들이 신속하게 내린다. 그들은 삽시간에 일을 처리하고 바람처럼 사라진다……. 알바는 등골이 서늘해졌다.

'돌아서 기숙사로 뛰어갈까. 저놈이 계속 따라오면 어떡하지?'

알바는 고개를 흔들어 정신을 가다듬었다. 이 구역에서 개인 작업을 한 일주일 동안, 퇴근하고 기숙사로 가는 길에 알바는 내내 뒤가 찜찜했었다. 설마 아니겠지 생각했지만 마냥 안심할 수는 없었다. 일주일 동안 스토킹한 놈이라면 다시 나타나지 말라는 보장이 없었다. 알바는 작업용 조끼에서 전류 총을 꺼내 들었다. 회사 호신 교육 시간에 배운 대로 알바는 몸을 낮추고 잽싸게 달려가 보드 거치대 부스에 등을 밀착했다. 상대방의 움직임은 포착되지 않았다. 놈은 몸을 숨긴 채 알바의 동선을 파악하려고 이쪽을 주시하고 있을 것이다.

'그렇다면 놈의 뒤를 치자. 역습이다!'

타다닷!

"꼼짝 마! 움직이면 쏜다!"

놈은 위아래로 검은색 옷을 입고 있었다. 놈의 뒤통수에 총구를 겨누고 알바가 소리쳤다.

"너 누구야? 왜 남의 뒤를 밟는 거냐!"

얼어붙은 듯 경직되었던 놈이 허리를 꼿꼿이 세우더니 헛기침을 했다. 알바는 여차하면 쏠 자세를 취했으나 총을 잡은 손은 달달 떨렸다. 놈이 뒤로 돌아서려는 동작을 취했다. 알바가 쇳소리 섞인 목소리로 외쳤다.

"움직이지 마, 고압 전류다. 진짜 쏠 거야!"

"아니, 그게 아니고. 나는……."

'어라?' 익숙한 목소리였다. 놈이 차렷 자세를 하고 알바의 반응을 기다렸다. 누구인지 금방 떠오르지 않았으나 목소리만 듣고도 공격 대상이 아니라는 것은 알 수 있었다. 알바는 총구를 겨눈 채 그 사람 앞으로 자리를 옮겼다.

"그 총은 좀 치우지, 알바."

놀라서 눈을 크게 뜨고 알바가 남자의 얼굴을 자세히 살펴보았다.

"조장? 조장이 왜 여기 있어?"

용역 회사 청년부 3조, 알바가 속한 조의 조장이었다.

"조장 말고 그냥 키노라고 부르라니까."

엉거주춤 서 있는 키노의 모습을 보고 알바는 하마터면 농담 섞인 말을 던질 뻔했다. 한밤중에 그런 차림으로 돌아다니다니 혹시 레트로가 아니냐고. 하지만 자칫 기분 상할 수 있는 말이고 그만큼 친한 사이도 아니어서 입 밖으로 꺼내지는 않았다. 알바는 무심한 표정을 유지하며 호신용 총을 작업용 조끼 주머니에 집어넣었다. 키노가 알바를 바라보고 의아하다는 듯 물었다.

"알바, 왜 기숙사 반대 방향으로 가는 거지?"

자연스럽게 기숙사 쪽으로 걷기 시작하며 알바가 키노의 관심을 돌렸다.

"조장이 먼저 이 상황을 설명하는 게 순서에 맞는 것 같은데."

"이 근방에서 작업이 있었어."

키노가 알바와 걸음을 맞추며 대답했다.

"조장으로서 인턴이 잘하고 있는지 확인도 할 겸."

키노가 덧붙이자 알바가 다시 질문했다.

"이번 주 내내 이 근처에서 일이 있었던 건 아니지?"

키노는 대답 없이 알바를 바라보았다. 어두워서 키노의 표정을 읽을 수는 없었지만, 알바는 내친김에 며칠 동안 퇴근길에 누가 뒤따라오는 것 같았다고 덧붙였다.

"아까는 그놈을 잡을 기회가 온 줄 알고 심장이 막 두근두근했는데."

알바가 말끝에 짧게 웃었으나 키노는 묵묵히 앞만 보고 걸었다. '안 해도 될 말을 했군. 긴장을 늦추면 이렇다니까. 꼭 실수하게 돼 있어.' 알바는 키노를 편하게 대한 것이 살짝 후회되었다. 두 사람은 한동안 말없이 밤길을 걸었다. 저만치 기숙사 건물이 보이자 키노가 먼저 입을 열었다.

"혹시 내일 오전에 시간 있어? 갑자기 일이 들어왔는데, 파트너가 필요해서 말이지."

"응, 토요일 오전에 쉴까 하고 시간을 비워 놨어."

"그럼 쉬어야겠네?"

"무슨 일인데? 수당이 얼마인지 들어 보고 결정해도 돼?"

키노의 차분한 설명이 끝나자 알바는 곧바로 제안을 수락했다. 내일 일은 타워 시티 외벽의 공기 정화 장치 노즐을 청소하는 일이라고 했다. 외부 작업이라 약간 아쉽기는 했으나 타워 시티 안을 들여다볼 기회가 생긴 것이었다.

"고마워. 내가 작업 끝나고 점심 사 줄게."

'고마운 건 이쪽인데 무슨 점심까지.' 의아한 마음이 들었으나 알바는 신경 쓰지 않았다. 그보다 타워 시티에 가 볼 수 있다는 생각에 한껏 기대에 부풀었다.

기숙사 입구에서 헤어지기 직전에 키노가 넌지시 질문했다.

"저, 혹시 사귀는 사람 있어?"

알바는 현관 계단에 한쪽 발을 올리고 옆에 선 키노를 올려다보았다.

"없는데, 왜? 조장은 그런 것도 파악해야 하는 거야?"

한 발 뒤로 물러서면서 키노가 당황한 듯 말했다.

"하아, 그렇게 말갛게 쳐다보니까 뭐라 말해야 할지

모르겠다.”

알바는 남은 용무가 있나 싶어 잠시 기다렸다. 키노는 뭔가 할 말이 더 있는 듯한 눈치였으나 다음 날 약속 시간과 장소만 다시 확인하고 자리를 떴다.

방에 들어오자마자 알바는 워치컴을 켰다. 홈캠에 연결하자 엄마의 모습이 화면에 비쳤다. 엄마는 침대 위에 반듯하게 누워 있었다. 알바는 화면을 확대해 엄마를 꼼꼼하게 살폈다.

타워 시티

알바는 고개를 한껏 뒤로 젖혀 타워 시티를 올려다보았다. 타워 중간에 비구름이 끼어 있어서 하늘로 치솟은 전체 모습은 보이지 않았다. 알바는 후문 앞 벤치에 앉아 저층 벽면을 따라 시선을 옮겼다. 좌우로 끝이 보이지 않는 웅장함이 압도적이었다. 저만치에서 통화를 마친 뒤 키노가 돌아와 알바 옆에 앉았다.

"관리소장이 밤새 퍼마신 모양이야."

"그래도 30분 지각은 심하다. 나야 실컷 구경하고 좋지만."

"여기 구경할 게 뭐가 있어? 철근과 콘크리트 덩어리인데."

"하긴, 멀리서 보는 것만큼 멋지지는 않네. 근데 소장은 언제 도착한대?"

"아까부터 다 왔다고 하니 알 수 없지. 도착해도 통제실에 들러서 시스템 자동 모드를 해제하고 올 테니 시간이 더 걸릴 거야. 아아, 이러면 계획에 차질이 생기는데."

"무슨 계획?"

"우리 점심 먹기로 했잖아."

알바는 소리 없이 '아' 하고 입만 벌린 채 이제야 기억이 났다는 표시를 했다. 속으로는 '엄마한테 가야 하는데' 라는 생각과 '누군가와 밥을 먹어 본 게 언제였더라' 하는 독백이 충돌하고 있었다. 키노가 알바 쪽으로 돌아앉으며 물었다.

"점심 식사를 우리 집에 가서 해도 될까? 오늘따라 동생이 어찌나 칭얼대는지 신경 쓰여서 말이야."

"동생이 있어?"

키노가 미소 지으며 대답했다.

"몰랐구나. 내 조원 중에 그걸 모르는 사람도 있었네."

알바는 다들 알고 있는 사실을 자신만 몰랐다는 말에 머쓱해졌다. 분위기를 바꾸려는 듯 키노가 톤을 높여 말했다. 기숙사 뒤쪽 주택에서 동생과 둘이 산다고.

동생의 건강이 좋지 않아서 늘 걱정이라는 말도 했다. 그리고 빈집투성이라 동네가 썰렁하지만 어릴 때부터 살던 곳이라 떠나지 못하고 있다고 덧붙였다. 알바는 창 너머로 기숙사 뒤편을 본 적이 있었다. 폐허 같은 모습이었다. 서너 군데 불이 켜진 것을 보고도 그 안에 누군가 살고 있으리라는 생각을 해 본 적은 없었다. 알바는 낡고 어두운 집에 혼자 있을 엄마가 떠올랐다. 기숙사에 들어오기 전까지는 알바도 엄마와 둘이 살았다.

키노가 알바의 눈을 들여다보며 물었다.

“궁금한 거 없어?”

알바는 어깨를 으쓱했다. 키노가 싱긋 웃고는 고개를 주억거리며 말했다.

“그렇구나. 역시 너는 좀 달라. 다른 사람한테 관심도 없고, 네 이야기를 누구한테 하지도 않고 말이야.”

알바는 눈을 껌벅거리며 생각했다. ‘뭐가 궁금했어야 하는 거지? 나이? 그래, 동생이 몇 살인지 물어보자.’ 알바가 입을 떼려는 찰나 키노가 벌떡 일어섰다.

“저기 소장님 왔다. 알바, 준비하자.”

키노가 왼쪽 팔꿈치를 굽혔다 폈다 하면서 파워암을

사용할 준비를 했다. 천천히 자리에서 일어서면서 알바가 빈정거렸다.

"이 몸은 딱히 준비할 파워가 없으니 서두를 일이 없네요."

어깨를 돌리다 말고 키노가 눈이 휘둥그레져서 알바를 바라보았다.

"왜 그런 말을 해, 네가 어때서?"

"무기 가진 사람이 무기 없는 사람의 마음을 알 턱이 있나."

그때 소장이 헐떡거리면서 뛰어와 두 사람 앞에 멈춰 섰다. 키노가 입술을 달싹거려 '그 얘기는 이따 마저 하자' 라고 속삭이고는 소장 쪽으로 몸을 돌렸다. 소장은 얼마 남지 않은 머리카락이 젖은 채로 두피에 찰싹 달라붙어 있었고 이마에는 땀이 흥건했다.

"하아아, 미안. 빨리 시작하자."

"안전벨트는 리프트에 가져다 놨습니다. 이번 작업은 몇 층인가요?"

키노의 물음에 소장이 검지로 관자놀이를 누르면서 건성건성 작업 지시를 했다. 작업할 층수를 할당하고 자동 클리닝 기능으로 제거되지 않는 티끌 위주로 노즐을 청소하라고 말한 게 전부였다. 소장이 숨을 쉴 때마다 입에서 술 냄새가 물씬 풍겼다. 소장을 따라 타워 시티 외벽의 작업 리프트에 올라탄 뒤 알바는 낙하 방지용 안전벨트를 착용했다. 리프트가 초고속으로 상승하자 알바는 드디어 타워 시티로 올라간다는 실감이 났다. 땅에서 멀어질수록 소장은 낯빛이 창백해졌다. 키노가 소장의 얼굴을 살피면서 괜찮은지 물었다. 100층에서 리프트가 멈추자 소장이 난간으로 뛰어내렸다.

"숙취 때문에 도저히 안 되겠어. 더 올라갔다가는 위가 입으로 튀어나오게 생겼다. 키노, 지난번에 꼭대기층 보조해 봐서 환기구 프로펠러 점검 어떻게 하는지 알지? 오늘만 부탁한다. 신입은 키노가 맡았던 층으로 변경하고."

소장이 한 손으로 가슴을 쓸어내리며 올라가라는 손짓을 했다. 리프트가 다시 움직이기 시작하자 키노가 한숨을 내쉬었다. 300층과 400층 담당이라, 생전 처음 올라보는 높이여서 흥분될 법도 했으나 신기하게도 알바는 마음이 차분해졌다. 키노가 긴장을 더 하는 것처럼 보였다.

"조장, 겁낼 거 없어. 까짓거 빨리 끝내고 내려가자고."

키노가 알바를 내려다보며 눈웃음을 지었다.

"인턴, 무전용 이어폰이나 켜시지."

리프트가 300층에서 멈추었다. 알바는 철제 손잡이에 안전 고리를 걸고 난간에 발을 내디뎠다. 바람이 거세게 몰아쳤다. 이어폰 너머로 키노의 목소리가 들렸다.

"안전 고리랑 벨트가 헐거워지지 않는지 계속 확인해, 알바. 나 올라간다."

고개를 돌릴 여유가 없어서 알바는 간신히 한 손을 공중에서 휘저어 키노에게 잘 가라는 신호를 보냈다. 난간 이동로는 한 사람이 다닐 만한 너비였고 격자무늬 구멍이 난 바닥에는 더러 녹슨 곳이 눈에 띄었다. 알바는 안전바를 손으로 흔들어 잘 고정되어 있는지 확인한 뒤 앞으로 나아가기 시작했다. 타워 시티가 건물 안 공기까지 모조리 바꿔 버릴 정도로 인공의 혜택을 누리는 도시인 것은 익히 알고 있었다. 하지만 건물 외부에도 공기 정화 장치가 있는 줄은 몰랐다. 저 사람들은 테라스에서까지 피톤치드 가득한 공기를 호흡해야 하나? 숨 쉬는 공기의 질까지 신경 쓸 만큼 여유롭게 살아 본 적이 없어서인지 알바는 심사가 뒤틀렸다. '태생부터 나와는 다른 사람들이라 생각하자. 이 일을 하겠다고 나선 특별한 이유가 있잖아. 쓸데없는 생각 말고 저 안에서 보고 싶었던 모습이나 얼른 찾아 보자.'

첫 번째 노즐에 도착하자 외벽 유리창 안이 들여다보였다. 모둠 책상과 의자, 각종 교육 장비가 갖춰진 공간, 그리고 실내 체육 시설이 있는 것을 보아 학교인 것 같았다. 가상 학교에 접속해 의무 교육을 마친 알바는 실체를 갖춘 학교가 신기했다. 타워 시티에서는 아이들이 집 밖으로 돌아다녀도 안전한 모양이었다. 다섯 번째 노즐 청소가 끝날 때까지 알바는 화려한 쇼핑몰과 식당 안을 메운 사람들 구경에 정신을 빼앗겼다. 부지런히 손을 놀리는 알바와 달리 타워 안쪽에 있는 사람들은 모두 한가로워 보였다.

화장실이 급하다면서 소장이 지상으로 내려갔다. 무전 접속자는 알바와 키노만 남았다. 알바가 다음 노즐로 이동하는데 키노가 느닷없이 자기 이야기를 시작했다. 열두 살 때 가족이 탄 차가 사고 나면서 부모님이 돌아가시고 자신은 왼팔을 잃어 인공 팔을 이식했다,

동생을 부양하기 위해 업그레이드했을 뿐 파워암을 무기라고 생각한 적은 없다, 그러니 알바도 그렇게 생각해 줬으면 좋겠다, 그런 내용이었다. 알바는 어떤 반응을 보여야 할지 몰라 아무 대꾸도 하지 못했다. 키노가 말을 이었다.

“이런 얘기를 하려던 게 아니었는데. 알바, 오늘 꼭 할 말이 있어. 사실은 내가 너를…….”

알바는 생뚱맞은 이야기로 키노의 말을 끊었다.

“6번 노즐 완료. 7번으로 이동.”

잠시 정적이 흘렀다. 마침내 키노의 목소리가 들렸다.

“나는……, 12번 완료. 이제 꼭대기 층으로 이동한다. 리프트 소음이 크니까 잠시 연결을 끊을게.”

무전이 끊긴 것을 확인하고 알바는 숨을 내쉬었다. 사회생활을 시작한 지 100일이 넘었지만 알바는 일하는 것보다 사람을 상대하는 게 더 힘들었다. 키노가 업무와 관련된 이야기를 할 때는 저런 식으로 시작하지 않는다. 선뜻 말을 다시 꺼내지 못하는 것을 보니 들었다가는 난처해질 내용일 것 같았다. 일 이외의 이야기라면 일단 피하는 게 상책이었다.

알바는 작업 속도를 냈다. 손을 움직이는 만큼 눈도 부지런히 타워 안쪽을 탐색했다. 9번 노즐에 도착하자 유리 외벽 안쪽에 신기한 광경이 펼쳐졌다. 대여섯 살짜리 아이들이 춤을 배우고 있었다. 오색의 얇고 반짝이는 옷을 입은 아이들이 종종거리며 뛰다가 점프하고, 빙글빙글 도는가 싶더니 한쪽 다리를 곧게 뒤로 뻗으며 두 팔을 공중에서 우아하게 펄럭거렸다. 함박웃음을 머금은 채 동작을 반복하는 아이들이 마치 천사 같았다. 알바의 눈을 사로잡은 것은 아이들을 지켜보고 있는 보호자들이었다. 알바는 그들을 한 명씩 찬찬히 살펴보았다.

'찾았다!'

복장과 치장만 다를 뿐 얼굴과 몸매가 찍어 낸 듯 똑같은 젊은 여성들. 알바는 보모 안드로이드를 한눈에 알아보았다. 보모 안드로이드들은 아이들에게서 눈을 떼지 않고 아이들의 동작 하나하나를 주시하고 있었다. 외꺼풀의 긴 눈매, 약간 휜 듯 오뚝한 콧날에 적당히 도톰한 입술까지. 익숙한 그 모습을 보자 알바는 가슴이 뭉클했다. 알바는 더 가까이에서 보려고 외벽 창 쪽으로 한껏 몸을 기울였다. 바로 그때였다. 발밑에서 우르르 진동이 느껴지더니 통로가 움직이기 시작했다. 알바는 얼른 난간을 잡았다. 유리 벽 너머로 보이는 보모안드로이드들에게서 눈을 떼지 못한 채였다.

철컹이며 움직이는 바닥 때문에 알바의 몸이 좌우로 휘청거렸다. 알바가 손아귀에 쥐고 있던 청소용 브러시가 미끄러져 까마득한 아래로 떨어졌다.

철제 통로가 타워 외벽을 따라 돌기 시작하더니 점점 회전 속도가 빨라졌다. 알바는 그 자리에 주저앉았다. 그리고 죔줄고리를 끌어당겨 손안에 넣고 철제 난간과 함께 감싸 쥐었다. 창 쪽 난간에 설치된 1.5미터 길이의 노즐에서 피톤치드가 분사되기 시작했다. 거센 바람이 두 뺨을 때리고 짙은 향이 강력하게 뿜어 나와 알바는 정신을 차릴 수가 없었다. 몸이 밖으로 튕겨 나갈 것 같은 공포가 엄습했다. 그 와중에 이어폰으로 잡음이 들리기 시작했다. 잡음을 뚫고 소장이 다급하게 키노를 호출하는 소리가 들렸다.

"키노! 키노, 대답해! 거기 무슨 일이야? 키노, 안 들리나! 신입! 내 말 들려? 무슨 일인지 아무나 보고 좀

하라고!”

알바는 안간힘을 다해 대답했다.

“키노는 꼭대기 층으로 올라갔어요. 그런데 환기 시스템이 작동됐나 봐요. 갑자기 통로가 미친 듯이 돌고 있다고요! 어떻게 좀 해 보세요!”

이어폰 너머로 적막이 흐르다 곧 소장의 아아, 하는 낮은 탄식과 떨리는 숨소리가 들렸다.

일단 안전을 유지하고 대기하라는 소장의 말을 끝으로 무전이 끊겼다. 알바는 손잡이를 향해 뻗은 팔에 얼굴을 묻고 버텼다. 시간이 얼마나 흘렀을까, 속력이 느려지더니 마침내 회전이 멈추었고 사방이 고요해졌다. 알바는 고개를 들고 헝클어진 머리를 뒤로 쓸어 넘겼다. 키노를 호출했으나 묵묵부답이었다. 소장도 마찬가지였다. 알바는 리프트를 향해 기어가다시피 이동했다.

지상으로 내려오니 요란한 소리를 내며 소방차가 후문으로 줄지어 들어오고 있었다. 타워 시티 광장에서 응급차 비상등이 번쩍거렸고 응급 요원들이 바쁘게 움직이는 중이었다. 알바는 사람들 사이에서 키노를 찾아보았다. 수당을 더 준다고 해도 이 일은 못 하겠다고 말할 작정이었다. 저만치에 소장의 뒷모습이 보였다. 알바가 뛰어가 소장에게 물었다.

"키노 어디 있어요? 아직 안 내려왔어요?"

소장이 알바를 돌아보고는 횡설수설했다. 벌겋게 충혈된 눈동자가 초점 없이 흔들리고 있었다. 키노의 행방을 다시 묻자 소장이 알바의 팔을 붙잡고 애원하듯 말했다.

"키노 사고 난 거 안 보이냐? 너라도 가라, 제발. 자격증 없이 저 위에서 작업하는 거 불법이라고. 걸리면 너나 나나 끝장이니 얼른 좀 꺼져!"

알바는 비칠거리며 걷는 소장의 뒷모습을 멍하니 바라볼 뿐이었다. 제복을 입은 경찰관 두 명이 소장을 데리고 가 버렸다.

응급차가 떠나고 연달아 소방차들도 모두 떠났다. 알바는 광장에 덩그러니 혼자 남았다. 키노가 걱정되었다. 하지만 무엇을 해야 할지 몰랐다. 발바닥이 바닥에 들러붙은 것처럼 발이 떨어지지 않았다.

시스템

'무슨 말을 어떻게 시작해야 할까.'

알바는 키노의 집 앞에서 한참을 머뭇거렸다.

어제 기숙사로 돌아온 뒤에 알바는 키노를 도울 방법을 찾으려고 애썼다. 본사에는 몇 번을 연락해도 '사적 업무는 회사가 책임지지 않는다'는 기계음만 반복될 뿐이었다. 타워 시티 관리소장의 연락처를 모르니 키노가 어느 병원에 있는지, 상태는 어떤지 확인할 길이 없었다. 알바는 조원들을 찾으려고 기숙사 안을 배회하다가 휴게실로 들어갔다. 직원들이 심각한 표정으로 벽면 미디어에서 방송 중인 화재 속보를 지켜보는 중이었다. '메디바이오닉스'사의 자재 창고 세 군데가 동시에 화염에 휩싸인 영상이 화면을 가득 메우고 있었다. 알바는 무심코 화면 하단에 흐르는 자막 뉴스를 읽다가 심장이 덜컥 내려앉았다.

'타워 시티 외부 환풍구 점검 중 사망 사고. 무자격 임시직 개인 과실 추정.'

알바는 다리가 후들거려 테이블 모서리를 잡고 의자에 앉아야 했다.

사망……. 키노가 죽었다니 믿을 수가 없었다.

'무자격 임시직'은 키노를 지칭하는 문구였다. 키노가 잘못해서 사고가 났다는 보도에 알바는 절레절레 고개를 저었다. 작업 중에 시스템이 작동한 것은 관리소장이 모드를 전환하지 않았거나 시스템이 고장 났기 때문이지 키노가 과실을 저지를 일 따위는 없었다. 무엇보다 키노와 알바는 자격증이 있어야 타워 외벽 일을 할 수 있다는 규정을 사전에 고지받은 적도 없었다. 그런데 키노가 잘못을 저질렀다는 보도가 버젓이 나오다니…….

그때 알바의 워치컴으로 본사에서 보낸 공지 알림이 울렸다. 새로 편성된 조와 조원 명단 발표였다. 명단 안에 키노의 이름이 빠져 있었다. 컴퓨터화된 시스템이 신속하게 그의 부재를 메꾼 것이다. 망가진 부품을 갈아 끼우듯, 고장 난 인공 신체를 떼어 내고 신제품으로 재이식하듯 아무렇지 않게 말이다.

알바는 방으로 돌아가 침대 위에 엎어져 시트에 얼굴을 묻었다. 키노의 죽음에 알바는 엄청난 충격을 받았다. 비정한 시스템에 오만 정이 다 떨어졌다. 하지만 무엇보다 알바의 가슴을 무겁게 짓누르는 것은 자신도 시스템과 마찬가지로 인정머리 없이 살아왔다는 자각이었다. 빨리 돈을 모아서 엄마를 고쳐 주겠다는 일념뿐, 누가 살든 죽든 다른 사람에게는 관심 없었다. 세상이 거꾸로 돌아가도, 심지어 뒤집힌다고 해도 자신의 일상만 제대로 돌아가면 상관없었다. 하지만 방금까지 눈앞에 있던 동료가 죽었다. 다정한 눈빛으로 알바가 회사에 적응할 수 있게 배려해 준 친절한 사람이었다. 그랬던 키노가 한순간에 사라져 버렸다. 알바는 마음이 자꾸만 무너져 내렸다.

알바는 뜬눈으로 밤을 지새웠다. 키노를 위해서 뭐라도 하고 싶었다. 아침에 복도에서 만난 조원을 통해 키노의 집 주소를 알아냈다. 햄버거 체인점 여러 곳에서 연락이 왔으나 받지 않았다. 병약한 동생이 칭얼거렸다는 키노의 말이 자꾸만 마음에 걸렸다.

키노의 집 앞에서 한참을 서성이던 알바는 마침내 용기를 내어 문을 두드렸다. 하지만 아무런 대꾸가 없었다. 다시 노크해 봐도 마찬가지였다. 문손잡이를 돌려 보니 문이 앞으로 열렸다. 알바는 조심스럽게 집 안으로 발을 들여놓았다. 구형 주택의 내부는 아기자기하게 꾸며진 휴게 공간을 중심으로 방문이 줄지어 있는 식이었다.

“아무도 안 계세요?”

알바는 헛기침을 하고 누군가 나오길 기다렸다. 그때 쿨럭, 하고 어디선가 기침 소리가 들렸다. 한번 시작된 기침이 점점 격렬해졌다. 알바는 숨이 넘어갈 것 같은 기침 소리를 따라가 방문을 열었다. 대낮에도 전등이 켜져 있는 작은 방 침대 위에서 이불이 들썩거리는 게 보였다. 알바가 달려가 이불을 들춰 보니 열 살쯤 된 남자아이가 새우처럼 웅크리고 있었다. 아이는 두 손으로 입을 막고 있었으나 이내 기침 발작이 다시 시작되었다. 이대로 두면 호흡 곤란이 올 것 같았다. 알바는 재빨리 워치컴으로 응급 의료 시스템에 도움을 요청했다. 주방에서 물을 한 컵 떠다 아이의 입 앞에 가져다

대자 아이가 물을 삼키고 알바를 올려다보았다. 키노를 쏙 빼닮은 아이의 눈을 보자 알바는 울컥했다. 아이가 무슨 말을 하려고 입을 열었으나 이내 기침으로 이어졌다. 손바닥으로 아이의 등을 쓸어 주는 것 말고는 알바가 할 수 있는 일이 없었다.

늦기 전에 응급 대원들이 도착해 아이를 병원으로 옮겼다. 입원 수속을 대신하며 알바는 아이의 이름이 미노라는 것을 알았다. 미노가 잠이 든 것을 확인한 뒤에야 보호자 대기실로 들어간 알바는 혼이 빠진 것처럼 한동안 멍하게 앉아 있었다. 시간이 멈춘 것 같았다.

알바가 정신을 차린 것은 대기실이 텅 빈 뒤였다. 주변이 썰렁해서 두리번거려 보니 사람들이 중앙 로비로 모여들고 있었다. 알바도 곧장 대기실을 나가 사람들 틈에 끼어 무슨 일인지 기웃거렸다. 원형 로비에서는 메디바이오닉스의 백 회장이 긴급 기자 회견을 하는 장면이 홀로그램으로 방송되고 있었다. 인공 신체와 인공 장기의 연구 개발에 성공해 상용화시킨 의료계의 거물 백 회장을 모르는 사람은 없었다. 백 회장은 파워 신체를 개발해 로봇보다 값싼 인간의 노동력을 최대로 활용한 장본

인이기도 했다.

백 회장이 발표를 시작했다.

"이번 화재는 메디바이오닉스를 음해하는 세력의 짓으로 추정됩니다. 항간에 떠도는 레트로의 소행이라는 소문은 곧 그 진위가 밝혀질 것입니다."

이어서 메디바이오닉스가 입은 손실에 대해 브리핑을 마친 백 회장이 입을 꾹 다물었다. 하얀 양복을 입은 초로의 백 회장이 좌중을 둘러보자 병원 로비의 조명이 일제히 조도를 낮추었다. 중앙 홀에 비친 백 회장의 홀로그램이 더욱 선명해졌다.

"이에 본사에서는 부득이하게 다음과 같은 결정을 내리게 되었습니다. 첫째, 본체 및 부품 전소로 인하여 1세대 보모 안드로이드의 생산을 중단한다. 둘째, 이번 달 말일인 6월 30일부로 1세대 안드로이드 애프터서비스도 종료한다. 셋째, 7월 1일부터 메디바이오닉스의 모든 인체 기기, 그리고 그와 관련된 의료 서비스 비용을 30퍼센트 인상한다. 더불어 MB 메디컬의 의료비도 같은 비율로 상향 조정됨을 공식 발표합니다. 이상, 질문은 받지 않겠습니다."

백 회장이 퇴장하고 홀로그램이 사라지자 천장이 높게 뚫린 병원 로비가 웅성거리는 소리로 가득 찼다. 사용 기한 내에 인공 장기를 재이식해야 하는 사람들은 한숨을 쉬었고, 새 버전이 출시될 때마다 기기를 교체해야 하는 파워 신체 이식자들은 레트로들의 소행에 분노했다.

알바도 가슴이 철렁했다. 6월은 고작 열흘밖에 남아 있지 않았다. 미노를 입원시키느라 얼마 안 되는 저축액마저 축난 상태였다. 그제야 알바는 자신의 상황을 인지했다. 그저 안위만 살피려 했는데 어쩌다 보니 병원비까지 내 준 것이다. 알바 사전에 있을 수 없는 일이었지만, 땅을 칠 만큼 후회되는 건 아니었다. 다만 열흘 안에 무슨 수를 내지 않으면 엄마를 고칠 방법이 없다는 절박함이 가슴속에서 들끓었다. 알바는 고민에 빠진 채 인파에 섞여 긴 복도를 따라 걸었다. 사람들이 뿔뿔이 흩어진 뒤 혼자 하얀 복도를 걷던 알바의 눈에 스크린 광고판 문구 한 구절이 들어왔다.

'임상 시험 지원자 모집.'

알바는 지난달 기숙사 식당에서 우연히 들은 대화가

생각났다. 최신 버전의 파워레그로 양다리를 교체한 직원이 동료들에게 비용을 마련한 비법을 알려 주고 있었다. 임상 시험에 지원해 신체검사를 통과하면 목돈을 챙길 수 있다고 했다. 위험성이 높은 실험에 지원할수록 더 고액의 사례비를 받을 수 있으니 다들 도전해 보라며 그 직원이 너스레를 떨었었다. 파워레그를 교체할 정도의 비용이라면 충분했다. 알바는 망설임 없이 워치컴으로 메디바이오닉스 미래의학센터에 접속해 지원자에 접수했다. '생각지도 못한 장소에서 돌파구를 찾다니.' 알바는 안도의 숨을 내쉬었다.

대림성채

도심을 벗어나자 풍경이 확 달라졌다. 한강을 따라 서쪽으로 30분을 달리니 도로 양쪽이 황량하기 짝이 없었다. 옛날에는 사람들로 북적거렸다던 아파트 단지가 콘크리트 무덤 같았다. 길을 따라 늘어선 상가들은 폐허가 된 지 오래여서 먼지만 날릴 뿐이었다. 알바는 보드를 타고 이렇게 멀리 나와 본 것이 처음이었다. 낯선 곳으로 출발하기 전 알바는 기숙사에 들러 후드 티셔츠에 가죽 코트를 챙겨 입었다. 엄마의 옷이었다. 후드를 뒤집어쓰고 코트를 여며 나이와 성별을 은폐하려는 의도였으나 막상 입고 나니 엄마와 함께 있는 것 같은 든든함이 더 크게 와닿았다. 기온이 올라 땀이 나기 시작했지만 알바는 옷을 벗고 싶지 않았다.

10분쯤 더 달리자 저만치에 기이한 건물이 모습을 드러냈다. '대림성채'. 각지에서 흘러든 사람들이 모여 사는 빈민 타워였다. 무계획적으로 지어진 집과 상가 건물에 마구잡이로 증축과 개축을 해 쌓아 올린 타워는 가까이에서 보니 기괴한 분위기마저 감돌았다. 대림성채 입구에 보드를 세우자 알바는 머리가 핑 돌았다. 열두 시간 금식 후 임상 시험 신체검사를 받는 과정에서 채혈을 여섯 번이나 한 여파였다. 알바는 눈을 감고 현기증이 사라지길 기다렸다.

미노의 울먹이는 모습이 눈에 아른거렸다. 하나밖에 없는 가족의 죽음을 받아들이기에 열 살은 너무 어렸다. 알바는 아이의 심정을 충분히 이해했다. 여덟 살 때 엄마 없이 여러 날을 지낸 적이 있었기 때문이다. 엄마는 치료를 받느라 당분간 집에 오지 못할 것이라면서 알바에게 생존에 필요한 일들을 반복해서 연습시켰다. 마치 영영 떠나는 사람처럼. 그 덕에 알바는 40일을 혼자 버틸 수 있었다. 배고프고 무서워서 침대 밖으로 나오지 못했던 암울한 시간을 떠올리면 알바는 지금도 몸서리가 쳐졌다.

하지만 그 시절의 알바와는 달리, 미노는 무방비로 혼자가 되었다. 이틀 뒤 퇴원해야 하는 아이를 알바는 어떻게 해야 할지 몰랐다. 그런데 오늘 신체검사를 마치고 병실에 들렀을 때, 미노가 뜻밖의 말을 꺼냈다. 다음 달에 이모의 집으로 이사 갈 계획이었다는 것이다. 키노가 평소에 자신에게 무슨 일이 생기면 이분을 찾아가라고 했다면서 미노가 쪽지 한 장을 내밀었다. '대림 성채 중심 상가 노 박사.' 마침 알바는 신체검사 때문에 오전 휴가를 낸 상태였다. 검사가 일찍 끝났으니 자투리 시간을 이용해 이 사람을 찾아보는 게 키노를 위해 할 수 있는 또 하나의 일이었다.

슈웅, 뒤에서 호버보드가 공중을 날다 착륙하며 급정거하는 소리가 들렸다. 그리고 곧 등 뒤로 인기척이 가까워졌다. 알바는 눈을 번쩍 뜨고 잽싸게 한 발짝 옆으로 이동했다. 뒤를 돌아보니 커다란 선글라스를 낀 남자가 서 있었다. 남자는 새카만 가죽 코트를 입고 있었는데 소매 밖으로 나온 팔목과 손이 쇠 뼈대가 고스란히 드러나 있는 파워암이었다. 남자는 손가락으로 총 모양을 만들어 알바를 겨냥하고 있었다. 위이잉, 전동

드릴로 개조한 남자의 검지에서 위협적인 소리가 났다. 잔뜩 쉰 목소리로 남자가 입을 비죽이며 말했다.

“흐흐, 셋 셀 때까지 안 비키면 등판에 구멍을 낼 참이었는데.”

알바는 서너 걸음 더 옆으로 비켜섰다. 남자가 알바를 지나쳐 앞으로 나아가더니 갑자기 발걸음을 멈췄다. 그러고는 천천히 돌아서서 알바를 유심히 관찰했다. 선글라스 너머 비정상적으로 큰 두 눈이 뛰룩거렸다. 한쪽 입꼬리를 올려 야릇한 미소를 짓고는 남자가 알바를 향해 손가락으로 총 쏘는 시늉을 했다. 그리고 대림성채의 어두운 골목 안으로 유유히 사라졌다. 알바는 참았던 숨을 내쉬었다. 치외법권 지역이나 마찬가지라는 대림성채. 안으로 들어가기도 전에 식겁할 일이 벌어졌다. 그렇다고 여기서 후퇴할 수는 없었다. 알바는 심호흡을 하고 괴상한 남자가 사라진 골목과 한참 떨어진 입구로 발걸음을 옮겼다.

음침한 입구에서부터 좁고 지저분한 골목이 미로처럼 이어졌다. 그늘진 골목 양쪽으로 작은 창문과 출입문이 다닥다닥 붙어 있었다. 주거 지역인 듯한데 길은

끝도 없이 이어지고 또 갈라졌다. 알바는 멈춰 서서 잠시 마음을 가다듬었다. 중심 상가 구역으로 가려면 조금 더 동쪽으로 이동해야 했다. 왔던 길을 되짚어가기 시작했으나 어느 순간 엉뚱한 길로 들어섰음을 깨닫고 알바는 당황했다. 방향 감각을 완전히 상실해 버린 것 같았다. 알바는 어둡고 냄새나는 미로에 갇혀 오도 가도 못하고 있었다.

그때 정면 골목 끝에서 휙 하고 뭔가 지나갔다. 알바는 눈을 크게 뜨고 10여 미터 떨어진 골목 끝을 노려보았다. 또다시 휘익, 이번에는 제대로 보았다. 아까와 같은 방향으로 종종거리며 뛰어간 것은 아이들이었다. 예닐곱 살쯤 되었을까. 아니, 더 어릴지도 몰랐다. 알바는 입구에서 봤던 위협적인 남자가 떠올랐다. 아이들은 그저 자기 집 앞에서 놀고 있는 것일지도 모른다는 생각이 알바의 머릿속에 스쳤으나 몸은 이미 아이들 뒤를 따라가고 있었다.

알바는 아이들을 금세 따라잡았다. 시궁쥐처럼 꼬질꼬질한 두 아이는 쪼르르 달리다가 좁은 공간이 나오면 둘이 몸을 포개어 숨었다. 알바는 아이들이 눈치채지 못하게 발소리를 죽이며 뒤를 밟았다. 골목을 교차하기를 두어 번, 연신 무언가를 찾아다니는 것 같던 아이들이 다시 구석에 몸을 숨겼다. 아이들은 지쳤는지 바닥에 털썩 주저앉아 귓속말을 주고받았다. 일정한 거리를 두고 서서 알바는 워치컴으로 대림성채의 지도를 띄웠다. 현재 위치는 중심 상가에서 그리 멀지 않았다. 알바는 아이들 쪽으로 다시 눈을 돌렸다. '아차', 그새 아이들이 어디론가 가고 없었다. 골목 사거리로 달려 나가 사방을 둘러보자 저만치 두 아이가 뛰어가고 있었다. 알바는 전력 질주해 아이들을 따라갔다. 그런데 아이들은 정신없이 누군가의 뒤꽁무니를 쫓고 있었다. 빨간 머리에 빨간 배낭을 멘 사람이 아이들과의 거리를 좁히며 살랑살랑 앞서 걷고 있었다. 배낭 끝에 매달린 빵에만 정신이 팔려 아이들은 빨간 머리 위로 커다란 그물채가 있는 것은 보지 못한 것 같았다.

유괴 현장이었다. 다급한 마음에 알바는 아이들을 잡으려고 달려들었다.

그 순간, 퍽!

알바는 정신을 잃고 쓰러졌다.

빨간 머리

정신을 차린 알바는 눈동자를 굴려 사방을 살폈다. 병실인 것 같았다. 하지만 실내가 매우 소박하고 의료 장비 같은 것들은 눈에 띄지 않았다. '아이들은 어떻게 되었을까?' 결정적인 순간에 정신을 잃다니, 알바는 어이가 없었다. 끼니를 건너뛰고 시간을 쪼개 일하러 다닐 때도 현기증 한 번 느낀 적 없었는데. 알바는 아이들을 구하지 못했다는 자책이 들었다. 머리가 아팠다. 일어나 앉아 손바닥으로 뒤통수를 문질러 보니 불룩하게 부어 있었다. 누군가 뒤에서 머리를 가격한 흔적 같았다. 알바는 머리카락이 쭈뼛 곤두섰다. 무법천지인 대림성채 뒷골목에서 공격을 받았다면 이곳도 안전할 리가 없었다.

알바는 방문을 열고 아무도 없는지 확인한 뒤 허름한 구식 병원의 복도로 나갔다. 그리고 뒤꿈치를 든 채 살금살금 복도 끝에 있는 비상구로 향했다. 비상구는 외부로 나가는 뒷문으로 이어져 있었다. 밖으로 나오자마자 알바는 냅다 달리기 시작했다. 골목은 꽤 넓었고, 지나다니는 사람들도 있었다. 알바는 죽어라 뛰었다. 저 모퉁이를 돌면 이 소굴에서 빠져나갈 수 있기를 바라면서. 숨이 턱에 차 헐떡거리며 코너를 돌았을 때, '헉!' 알바는 그 자리에서 얼어붙고 말았다.

알바가 도달한 곳은 사면이 건물로 둘러싸인 광장이었다. 절벽처럼 치솟은 무허가 건물로 포위된 광장은 마치 커다란 구덩이 같았다. 열댓 명의 흉물스러운 무리가 광장을 장악하고 있었다. 그중 익숙한 얼굴들이 알바의 눈에 띄었다. 레이저 빔 게시판에서 본 현상 수배범들이었다. 돈이 되는 일이면 살인도 불사하는 갱단, 사람들은 저들을 '거머리'라 불렀다. 거머리는 본거지 없이 때로는 무리 지어, 필요에 따라서는 개인으로 활동해 언제 어디서 출몰할지 모르는 존재였다. 말로만 듣던 갱단과 맞닥뜨리고 알바는 입을 다물지 못했다.

거머리들은 티타늄 금속 뼈대가 드러난 인공 신체를 무기 형태로 개조해 기괴하기 짝이 없는 모습이었다. 그들의 시선이 알바에게 쏠렸다.

"어이, 또 만났네? 흐흐, 이런 걸 운명이라고 하지."

무리 속에 있던 선글라스가 알바 쪽으로 빠르게 다가와 알은체를 했다. 거머리 서너 명이 알바를 향해 움직이기 시작했다. 알바는 광장을 둘러싼 건물의 지상층을 빠르게 훑어 다섯 군데의 출구 위치를 파악했다. 3시 방향 첫 번째 출구가 도망가기에 가장 가까웠다. 알바가 오른쪽으로 한 걸음 이동하자 선글라스가 날렵하게 옆을 막아서며 선언하듯 외쳤다.

"이건 내가 찜한 물건이니 그리들 아쇼."

잠수 안경 같은 눈을 가진 거머리가 바싹 다가서서 위아래로 알바를 훑어보며 웅얼거렸다.

"한 군데도 개조하지 않은 완벽한 오리지널이군. 이런 건 얼마나 받을 수 있을까?"

선글라스가 알바 앞을 막아서며 날카롭게 굴었다.

"내 물건의 가치는 내가 알아서 정할 테니 관심 끄시지."

알바는 다리가 후들거려서 서 있기도 힘들었다. 정신만 바짝 차리면 어떤 위기에서도 벗어날 수 있다고 믿어 왔는데 현재 상황엔 그런 믿음 따위가 소용없었다. 어디선가 갑자기 슈퍼 히어로가 나타나 구출해 줄 가능성은 0퍼센트였고 혼자 힘으로 거머리들을 물리치고 도망갈 방법도 없었다. 다른 거머리들과 언쟁을 벌이던 선글라스가 갑자기 알바의 팔뚝을 잡더니 어디론가 끌고 가려고 했다. 바로 그때였다.

"그 손 떼라!"

우렁찬 여자 목소리가 광장 가득히 메아리쳤다. 호령 소리가 난 쪽으로 모두 고개를 돌렸다. 빨간 머리에 빨간 배낭을 멘 모습이 눈에 익었다. 유괴 현장에서 꼬마들을 유인하던 뒷모습.

빨간 머리가 다가와 선글라스의 손을 뿌리치고 알바를 자기 쪽으로 잡아당겼다.

"내 친구한테 뭐 하는 짓이야! 너희가 이러니까 우리 동네가 악명 높아지는 거라고!"

선글라스가 알바의 다른 팔을 다잡으며 반박했다.

"너야말로 오지랖 떨지 말고 꺼져. 너한테 친구라는

게 있을 리 없잖아!"

알바는 이 틈을 이용해 탈출할 방법이 없을까 머리를 쥐어짰다. 빨간 머리가 알바를 확 잡아당기면서 언성을 높였다.

"너희 중에서 우리 진료소에서 치료 안 받은 사람 있으면 나와 봐. 그리고 앞으로 우리 아빠한테 신세 질 일 없는 사람은 나를 막아 보라고!"

거머리들이 주춤하는 사이 빨간 머리가 알바의 귀에 대고 '따라와' 라고 속삭였다. 알바는 빨간 머리를 따라 빠른 걸음으로 광장을 벗어났다. 골목으로 접어들자 둘은 뛰기 시작했다. 알바가 빨간 머리를 따라 들어간 곳은 구식 병원이었다. 방금 뒷문으로 탈출한 곳을 정문으로 다시 들어간 셈이었다. 안으로 들어서자 빨간 머리가 유쾌하게 웃으면서 물었다.

"도대체 언제 깨어난 거야? 그리고 광장 쪽으로는 왜 간 건데?"

알바는 빨간 머리를 빤히 바라보았다. 상대가 누구인지도 모르고 말을 섞을 수는 없는 노릇이었다. 게다가 빨간 머리가 아이들을 유인하는 것을 두 눈으로 목격하지 않았는가. 알바가 경계하는 태도를 보이자 빨간 머리가 고개를 주억거리며 말을 이었다.

"너 기절해 있는 동안 옆에서 지키고 있었거든. 잠깐 화장실 간 사이에 사라져서 어찌나 놀랐는지, 하하."

"네가 나를 구했어?"

"아아, 그렇다고 할 수도……."

빨간 머리는 말끝을 흐리며 머리를 긁적였다. 그때 진료실 안에서 남자 목소리가 들렸다.

"이지야, 손님 모시고 들어오너라."

"들어가자. 아빠가 자세하게 설명하실 거야. 내 이름은 이지야. 넌 이름이 뭐야?"

알바는 얼떨결에 자신의 이름을 밝혔다.

소박한 의료 장비가 갖춰진 깔끔한 진료실 안에 40대 후반의 의사가 전동 휠체어를 타고 있었다. 이지가 알바와 자신의 아빠를 번갈아 소개했다. 이지 아빠는 영상 검사 결과 머리에는 큰 이상이 없다면서 알바에게 두통은 어떤지, 구토 증상은 없는지 물었다. 이지 아빠가 목소리를 낮게 깔고 덧붙였다.

"고의로 그런 건 아니지만 미안하구나. 그나마 경증

외상이어서 무척 다행이다."

알바는 어이가 없었다.

"혹시 내 머리 선생님이 그런 거예요? 아니, 왜요?"

알바가 따지듯 묻자 이지 아빠가 차분하게 자초지종을 털어놓았다. 알바가 구하려던 아이들은 여섯 살 쌍둥이 형제인데 일주일 전부터 주거 지역에서 목격되었다는 것이다. 대림성채에서는 어린 자녀들을 집 안에서만 기르기 때문에 구역 내에서 목격된다는 것은 아이들이 유기되었거나 부모가 불의의 사고를 당했다는 의미였다. 이지와 이지 아빠가 아이들을 구하려고 백방으로 찾아다녔으나 놓치기 일쑤였다고 했다. 그러다 아이들이 손에 닿으려는 찰나 알바가 등장했다는 것이다. 후드를 뒤집어쓰고 가죽 코트를 입은 뒷모습을 보고 거머리 일행으로 오해했다며 이지 아빠가 다시 사과했다. 폭력을 행사한 건 아니고, 옆으로 밀쳤을 뿐인데 알바가 쓰러지며 바닥에 머리를 부딪혔다는 믿기 어려운 설명도 추가했다. 알바는 쩝, 쓴 입맛을 다시고 물었다.

"그럼 아이들은 어떻게 됐어요?"

이지가 알바 옆에 바짝 다가서며 한결 개운한 표정으

로 대답했다.

“응, 쌍둥이는 씻기고 배불리 먹였더니 잠들었어. 며칠 동안은 우리 집에서 지낼 거야.”

‘그다음은?’이라고 묻고 싶었지만 여기서 더 지체할 시간이 없었다. 알바는 알았다는 의미로 고개를 끄덕이고 이만 가 보겠다며 이지 아빠에게 목례를 했다. 그러자 이지가 정색을 하고 길을 막았다.

“알바, 지금 나가면 위험해. 놈들이 우리 진료소 주변을 얼쩡대고 있을 거야. 먹잇감이 생겼으니 호시탐탐 네가 나오기만 기다릴 거라고.”

이지 아빠가 놀라 이지에게 물었다.

“거머리들 말이냐? 이 친구가 걔들한테 노출됐어?”

이지가 광장에서 있었던 일을 말했고 이지 아빠는 미간을 찡그렸다. 결론은 외지인인 알바는 위험하니 당분간 이곳에 있어야 한다는 거였다. 알바는 그럴 수 없었다.

“저는 거머리들이 노리는 파워 신체나 인공 장기 같은 게 없어서 괜찮아요. 그리고 찾을 사람이 있어서 빨리 가 봐야 해요.”

“거머리들은 인공 신체 이식자만 공격하는 게 아니야.

남녀노소 가리지 않고 인신매매를 해서 너도 위험해."

이지가 웃음기 가신 얼굴로 말했다. 광장에서의 상황이 떠올라 알바는 소름이 끼쳤다.

"근데 알바, 찾는 사람이 누구야? 말만 해. 내가 이 구역은 훤히 꿰뚫고 있거든."

"중심 상가가 여기서 멀어? 거기 가서 노 박사를 찾아야 해."

3초간 정적이 흘렀고, 이지가 웃음을 빵 터뜨렸다. 그러고는 두 손을 모아 자신의 아빠를 가리켰다.

"여기 계신 분이 노 박사야."

이지 아빠가 푸근한 미소를 지으며 고개를 끄덕였다.

거머리 떼

처음으로 엄마 꿈을 꾸었다.

알바는 초점 없이 천장을 바라보며 꿈자리를 더듬었다.

꿈속에서 일곱 살 알바는 엄마 품에 안겨 있었다. 엄마가 다정하게 알바의 볼을 쓰다듬어 주었다. 엄마는 건강한 모습이었다. 실제로는 그 무렵에 엄마는 건강이 급격하게 나빠졌다. 알바에게 엄격해지기 시작한 것도 그 때부터였다. 알바는 엄마가 시키는 대로 따랐다. 그래야 엄마가 나을 것 같다는 생각이 들어서였다.

알바는 몸을 뒤척여 옆으로 누웠다. 어둑한 방 안에 단잠에 빠진 숨소리가 가득했다. 알바는 옆에서 곤히 잠든 이지가 깨지 않게 조심하며 천천히 상체를 일으켜

방바닥을 살폈다. 만세 자세를 하고 자는 모습까지 똑같은 쌍둥이 형제가 알바의 눈에 들어왔다. 알바는 한쪽 팔을 괴고 누워 아이들의 천진난만한 얼굴을 바라보았다. 얼떨결에 이지의 집에서 지낸 지 사흘째가 되었다. 진료소 옆문으로 이어진 가정집에서 제대로 된 음식을 해 먹고 여유롭게 시간을 보내면서 말이다. 엄마가 쓰러진 뒤, 기숙사에 들어가기 전까지 알바는 드론으로 배달되는 간편 음식을 먹고 살았다. 하지만 동갑내기인 이지는 요리를 했다. 알바는 이지가 만든 음식을 먹으면서 어릴 때 엄마가 해 주던 음식 맛을 떠올렸고, 잊고 있던 추억을 되새겼다. 이지에게 간단한 요리법 몇 가지를 배우기도 했다.

사람을 대하는 데 미숙했던 알바는 친구가 생겨서 행복해하는 이지의 진심에 마음의 벽이 허물어지는 것을 느꼈다. 이지와 함께 지내는 동안 알바는 순간순간이 즐겁고 따뜻했다. 하지만 쌍둥이들과 이지의 빨간 머리 가발을 번갈아 쓰며 장난치다가도, 때로는 이지의 익살스러운 수다에 깔깔거리다가도 알바는 문득 생각했다. 이렇게 마음 편해도 되는 걸까. 언젠가는 이들과 헤어질 텐데, 다시 혼자 지낼 수 있을까. 그리고 엄마는…….

골목 어귀에 진을 친 거머리들은 시시각각 멤버가 교체되었다. 진료소 안으로 무단 침입하거나 바깥일을 하러 나가는 이지를 공격하는 일은 없었다. 노 박사의 진료소는 이 구역의 유일한 의료 시설이었고 대림성채의 거주민들은 헌신적으로 자신들을 치료하는 노 박사와 이지에게 각별한 애정을 보였다. 언뜻 그림자처럼 사는 듯 보였지만 주민들은 사방에서 거머리들의 동태를 감시하고 있었다. 이지 부녀에게 허튼짓을 했다가는 주민들 손에 멸종을 맞게 될 것을 거머리들도 잘 알고 있었다. 거머리들이 노리는 대상은 언젠가는 밖으로 나올 알바였다.

이지가 몸을 뒤척이는 사이 알바가 바로 누우며 한숨을 쉬었다. 지난밤 회사에서 해고 통보를 받았다. 무단 결근과 기숙사 규칙 위반이 사유였다. 인턴을 받지 않기로 유명한 새 조장이 억지로 떠맡은 알바를 털어 낼 충분한 구실이었으리라. '키노라면 그러지 않았을 텐데.' 알바는 타워 시티 후문에서 본 키노의 모습을 떠올렸다. 눈꼬리가 처진 선한 눈에 오뚝한 코, 그리고 어금니까지 드러내며 활짝 웃는 모습. 가슴에서 뜨거운 것이 올라와 알바는 침을 꿀꺽 삼켰다. 미노는 형 얘기를 많이 했다. 키노는 동생을 살뜰하게 챙기던 사람이라고 했다. 무슨 일이든 척척 해내고 똑똑해서 같이 일하자는 사람이 많았다고 했다. 바쁘게 돌아다니는 이유를 알면서도 형한테 투정 부린 게 후회된다고도 했다. 그리고 알바가 형의 마음을 받아 주었는지 조심스레 물었다. 키노가 고백할 기회를 잡겠다며 일주일 동안 밤에 외출했다는 것이다. 알바는 키노가 자신을 좋아하고 있는 줄은 꿈에도 몰랐다. 사고 직전, 키노가 이어폰 너머로 하려던 말이 그거였을까……. 알바는 키노의 말을 잘라먹은 게 내내 마음에 걸렸다.

어제 오후, 알바는 노 박사의 워치캠으로 미노가 이모 집에 도착하는 영상을 확인했다. 이제 키노가 동생 걱정은 덜었기를 바랐지만, 키노의 사고 경위가 조작되었음을 알면서 아무 일도 하지 않았다는 죄책감은 눈곱만치도 가벼워지지 않았다. 유리창 밖으로 파랗게 날이 밝아오는 것을 바라보다가 알바는 다시 잠이 들었다.

알바는 머리가 무거웠다. 늦잠을 잔 데다 눈뜨자마자

확인한 문자 메시지 때문이었다. 쌍둥이들이 점심밥을 다 먹고 난 뒤, 이지와 알바는 식사를 하려 마주 앉았다.

"알바, 아까부터 전화가 오는데 왜 안 받아?"

"모르는 번호야. 안 받을래."

미래의학센터에서 신체검사 불합격 통지를 받은 터여서 알바는 맥이 빠져 있었다. 회사에서 해고당했고, 기숙사에서도 쫓겨났다. 이번 달이 며칠 남지 않았는데 엄마의 의료비를 마련할 유일한 희망마저 무너져 버렸다. 아직은 잘 버텨 주고 있지만 엄마가 언제 어떻게 될지는 알 수 없는 노릇이었다. 입맛이 없어진 알바는 밥을 깨작거리다가 숟가락을 놓았다. 이지가 알바의 옆자리로 옮겨 와 턱을 받치고 알바를 올려다보았다.

"너 무슨 걱정 있지? 무슨 일인지 속 시원하게 털어놔, 친구야."

친구라는 단어에 알바는 피식 웃음이 나왔다. 그때 알바의 워치컴에 다시 진동이 울렸다.

"계속 같은 번호야."

알바의 말이 끝나기가 무섭게 이지가 워치컴으로 손가락을 뻗어 통화 수신 버튼을 눌렀다. 그리고 흥미진

진하다는 표정으로 속삭였다.

"난 궁금한 건 못 참아. 얼른 통화해 봐."

'여보세요'로 시작한 평범한 통화는 범상치 않은 대화로 이어졌다. 전화를 건 사람은 자신을 메디바이오닉스의 백 회장이라 소개했다. MB 미래의학센터에 등록된 의료 정보를 보고 연락했다면서, 새로 진행하는 사회 공헌 프로젝트에 참여할 의향이 있는지 물었다. 임상 시험에 지원한 정보를 줄줄이 읊는 것으로 보아 사기꾼은 아닌 것 같았다. 백 회장은 프로젝트에 관한 내용을 장황하게 늘어놓았다. 임상 시험과는 비교가 안 될 만큼의 비용이 지급될 예정이라는 대목에서 알바는 귀가 번쩍 뜨였다.

"의향 있습니다. 제가 뭘 하면 되나요?"

즉각적인 알바의 반응에 백 회장이 내일 회사로 나와 달라고 했다. 만날 시간과 장소를 정하고 알바가 통화를 마치자 이지가 노발대발했다.

"알바, 이게 다 무슨 소리야? 도대체 어쩌려고 그러는 건데? 임상 시험이라니 그건 무슨 얘기고, 백 회장이라니? 백 회장이 너한테 직접 전화를 걸었다고? 아무래도 수상해. 사칭범일 수도 있는데 그렇게 쉽게 약속을 잡아 버리고 너무 무모한 거 아니야? 진짜 백 회장이라고 해도 문제야. 보상 액수가 크다는 건 그만큼 위험한 일이라는 뜻이잖아. 그만한 돈을 대체 어디에 쓰려고 그러는 건데?"

흥분해서 온갖 말을 쏟아 내는 이지를 알바가 물끄러미 바라보고만 있자 이지가 비수 같은 푸념을 던졌다.

"나는 너에 대해 아는 게 아무것도 없어. 그래서 네가 왜 이런 결정을 하는지 이해가 안 된다고. 넌 나를 친구로 생각하긴 하니?"

이지 말이 맞았다. 알바는 아무에게도 자신의 얘기를 털어놓은 적이 없었다. 하지만 이지에게는 그러면 안 된다는 생각이 들었다. 알바는 열두 살 되던 해에 쓰러진 엄마 얘기를 꺼냈다. 그 뒤로 엄마는 서서히 침몰하다 완전히 의식을 잃었고 아직 깨어나지 못하고 있다는 것도 말해 주었다. 다음 달부터 메디바이오닉스의 의료 정책이 바뀌기 때문에 빨리 손을 써야 한다는 설명을 이어 가다, 알바는 불현듯 모든 일의 발단이 레트로라는 생각에 이르렀다.

"이게 다 레트로들이 메디바이오닉스 창고에 화재를 내서 생긴 일이야. 레트로들이 한 짓을 생각하면 정말 화가 난다니까."

이지가 허리를 곧추세우고 자세를 바로잡으며 말했다.

"알바, 그 화재는 메디바이오닉스에서 벌인 자작극이야."

"자작극이라니 말도 안 돼. 대기업이 엄청난 손실을 보면서까지 그런 일을 왜 꾸미겠어?"

이지가 발끈하며 알바를 쏘아보았다.

"화재가 레트로의 소행이라는 증거가 있니? 메디바이오닉스가 자작극을 벌여 놓고 레트로에게 뒤집어씌우는 거야. 피해자인 척하면서 의료 관련 비용을 대폭 인상했잖아. 메디바이오닉스가 과연 손해를 본 걸까?"

"레트로는 테러 집단이잖아. 무작위로 전기를 끊고 납치와 폭행을 일삼는 폭력적인 사람들이라고."

이지가 용수철처럼 의자에서 벌떡 일어서며 소리쳤다.

"누가 그런 소리를 해!"

이지가 앉았던 의자가 뒤로 벌렁 하더니 쿵 소리를 내며 바닥으로 넘어졌다. 큰 소리에 거실 구석에서 레슬

링을 하던 쌍둥이가 소파 옆구리로 숨어들었다. 알바는 아이들이 놀랄까 봐 언성을 낮추어 이지에게 물었다.

"이지야, 너 뭐야. 왜 레트로들 편을 드는 것 같지?"

"알바, 너야말로 네 눈으로 본 게 아니면 함부로 말하지 마. 그리고 미디어에서 흘리는 내용이 다 진실은 아니라고!"

알바는 입을 꾹 다물었다. 키노에 대한 기사가 떠올랐기 때문이다. 관리소장이 책임을 회피하려고 거짓 진술을 했을 테고 미디어는 무책임하게 그 내용을 그대로 방송으로 내보냈다. 사고 현장에 있었던 자신마저 입을 다무는 바람에 묻혀 버린 진실. 알바는 이지의 말에 더는 대꾸하지 못했다. 그때 진료실로 통하는 문이 열리며 노 박사가 전동 휠체어를 타고 들어왔다.

"친구 생겼다고 좋아할 때는 언제고 벌써들 싸우는 거냐?"

이지가 노 박사에게 억울하다는 듯 하소연했다.

"싸우는 거 아녜요. 알바가 레트로를 테러 집단이라고 해서 제가 좀 흥분했어요. 근데 알바는 잘못 알고 있는 게 너무 많아요."

알바는 이지가 왜 흥분하는지, 그리고 자신이 무엇을 잘못 알고 있는지 알 수 없었다. 노 박사가 알바에게 시선을 돌리고 부드럽게 말했다.

"머리 다친 데는 괜찮은지 확인 한번 하자. 알바는 진료실로 오고, 이지는 식탁 정리 부탁한다."

진찰을 마친 뒤 노 박사가 알바에게 의자에 앉으라고 권했다.

"내가 너에게 솔직하게 말하지 못한 게 있단다."

알바는 눈이 커져서 노 박사를 바라보았다. 노 박사가 진지한 표정으로 입을 열었다.

"돌려 말하지 않겠다. 키노와 나는 같은 집단의 구성원으로서 아는 사이고, 우리 공동체 이름은 '레트로'야."

알바는 놀라서 말문이 막혔다. 노 박사는 레트로에 대해 사람들이 오해하게 된 이유가 첨단 과학과 의료 기술의 과소비를 조장하는 대기업, 그리고 그들과 손잡은 권력자들 때문이라고 했다.

"우리는 자연스러운 인간의 모습으로 돌아가자는 운동을 하고 있단다. 누구나 살다 보면 과학과 의학의 혜택을 받게 되어 있지. 고마운 일이야. 하지만 현재는 인공 신체와 인공 장기가 비정상적으로 사람들의 삶을 지배하고 있어. 필요 이상으로 말이야. 우리가 전원을 차단하는 이유는 자연 그대로의 시간을 상기하자는 의미다. 정전된 틈에 그 지역에 고립된 어린이들을 구출하기도 하지. 가끔 레트로 단지로 이주하고 싶어 하는 가족들을 데리러 갈 때를 정전 시기와 맞추기도 한다. 아무래도 아직은 우리가 노출되는 게 위험하니까."

갑자기 충격적인 정보가 쏟아져 들어오는 바람에 알바는 머릿속이 엉켜 버렸다. 그때 진료실 문이 벌컥 열렸다. 이지가 허둥대며 물었다.

"혹시 쌍둥이 여기 왔어? 설거지 마치고 애들이 안 보여서 집 안을 다 뒤졌는데 어디에도 없어."

한바탕 소동이 벌어졌고, 곧 이지가 골목으로 뛰어나간 쌍둥이를 찾아 왔다.

진료실 문을 닫고 나오면서 알바는 아랫입술을 깨물었다. 뭔가를 결심했을 때 나오는 무의식적인 행동이었다.

레트로 단지

"일, 어, 나, 알, 바."

귀에 대고 누군가 속삭였다. 모두가 잠들기를 기다리다 깜빡 잠이 든 터라 알바는 눈이 번쩍 떠졌다. 이지는 외출복을 입고 배낭까지 메고 있었다. 새벽 3시가 넘은 시간이었다. 알바가 고개를 갸웃하고 물었다.

"너 어디 가, 이 시간에?"

이지가 반달눈을 하고 되물었다.

"너야말로 나 몰래 어디 가려고 그 차림으로 잠든 건데?"

알바가 민망해하며 미소 짓자 이지가 다급하게 말을 이었다.

"거머리들이 철수했어. 다른 지역으로 떠난 건지 잠시 쉬는 시간인지 모르겠는데, 아무튼 골목 어귀가 텅 비었어. 지금이 기회야."

알바는 이지까지 위험에 빠뜨리고 싶지 않았다.

"나 혼자 갈게. 넌 여기 있어."

이지가 어깨를 으쓱하더니 앞장서며 말했다.

"아빠랑 쌍둥이도 가는데 나만 여기 있을 수는 없지. 시간 없어. 얼른 가자."

'모두 다 간다고?' 알바는 어리둥절한 채 이지를 따라나섰다. 구불구불한 골목을 지나 대림성채의 동남쪽 출구로 나가자 미니밴이 대기 중이었다. 알바는 차에 올라탔다. 9인승 밴의 맨 뒷자리에는 쌍둥이가 세상모르고 잠들어 있었다. 알바가 중간 좌석에 앉아 안전벨트를 매자 노 박사가 시동을 걸었다. 알바는 옆에 앉은 이지에게 조용히 말했다.

"이 근처만 벗어나면 나는 아무 곳에서나 내려 줘도 돼."

이지가 알바의 팔에 손을 얹고 다정하게 말했다.

"알바, 나도 아빠를 구하기 위해서라면 무슨 일이든 할 것 같아. 아빠한테도 네 이야기 다 했어. 아빠가 기숙사 앞에서 내려 주실 거야. 그때까지 우리 좀 쉬자."

이지가 의자에 등을 기댄 뒤 눈을 감았다. 알바는 이

지를 바라보며 회사와 기숙사에서 쫓겨난 이야기, 그리고 엄마에 관해 아직 하지 못한 얘기까지 다 털어놓을까 잠시 망설였다. 그렇지만 이지는 레트로였다.

레트로에 대한 노 박사의 설명은 이치에 맞는 내용이 많았다. 어쩌면 레트로는 좋은 일을 하는 사람들일지도 모른다. 키노가 그랬고 노 박사와 이지만 봐도 그렇다. 하지만 열여섯 해 동안 믿어 온 것들을 하루아침에 뒤집어 받아들이기가 쉽지 않았다. 알바는 복잡한 심경으로 이지를 바라보았다. 이지는 알바가 처음으로 마음을 연 친구였다. 이대로 각자의 삶으로 돌아가면 다시 만날 기약이 없었다.

자동차 속도가 갑자기 빨라졌다. 노 박사는 속도를 높이며 직진하더니 그대로 급회전했다. 알바의 몸이 이지 쪽으로 휙 쏠렸다. 이내 반대 방향으로 다시 급회전이 이어졌다. 차가 휘청하며 이지의 머리가 알바의 어깨에 부딪혔다. 노 박사가 핸들을 이리저리 돌리면서 연신 사이드 미러와 룸 미러를 번갈아 주시하고 있었다. 알바는 얼른 고개를 돌려 차량 후방을 확인했다. 후미등 불빛이 닿지 않는 어두운 도로에는 아무것도 보이지 않았다. 이지가 창밖을 내다보더니 운전석을 향해 말했다.

“아빠, 이 길은 도심과 반대 방향이에요.”

“응, 알아. 거머리 한 놈이 따라붙어서 어쩔 수 없었다. 알바, 지금 누가 따라오니?”

“아니요. 아무도 없어요.”

“다행히 따돌린 모양이야. 돌아서 다른 길로 가는 게 안전하겠다. 그래도 괜찮지?”

알바는 흔쾌히 동의하고 노 박사에게 불편을 끼쳐 죄송하다고 말했다. 자신 때문에 다들 고생하는 게 마음이 편치 않다는 말을 덧붙이자 이지가 고개를 저으며 말을 받았다.

“어제 쌍둥이가 골목으로 나갔다가 거머리들 눈에 띄었어. 사냥감이 더 있는 것을 알았으니 놈들의 인내심이 금방 바닥날 거야. 그 전에 쌍둥이를 안전한 곳으로 피신시켜야 해. 너도 마찬가지고.”

이지는 거머리들이 어린아이들을 유괴해 불법 사육자에게 넘긴다고 했다. 가축 농장으로 위장한 축사에서 아이들은 케이지에 갇혀 사육된다. 열악한 환경에서 노동 착취와 각종 학대에 시달리다가 사망하는 아이들이

태반이라고 했다. 그리고 열다섯 살이 되면 다들 어디론가 팔려 가고 그 뒤로 종적이 끊긴다는 것이다. 아이들이 어디에서 무슨 일을 겪을지 생각만 해도 끔찍하다면서 이지가 치를 떨었다. 노 박사가 이지의 말을 거들었다.

"불법 사육자들 뒤에 아주 굵직한 놈들이 있는 게 확실하지. 놈들이 점조직이어서 추적하기가 여간 힘들지 않구나. 하지만 머잖아 꼬리가 잡힐 거다."

이지가 알바에게 바짝 다가앉으며 낮게 속삭였다.

"우리 단지는 안전해. 혹시, 기숙사 말고 나랑 같이 레트로 단지로 갈 생각은 없어? 조만간 정전 대란이 일어날 거야. 오랫동안 준비한 작전이라 정전 지역 규모도 엄청날 거라던데. 알바, 내 말 듣고 있어?"

이지의 말을 듣고 있던 알바의 눈이 커졌다. 이지가 등지고 앉은 자동차 창밖에서 시커먼 무언가가 어른거렸다. 곧 차창 유리에 뭔가 부딪치는가 싶더니 이내 차 안으로 예리한 빛줄기가 쏟아져 들어왔다. 알바가 이지를 끌어당기며 소리쳤다.

"으악! 저거 뭐야!"

시퍼런 빛이 쇠촉을 박은 긴 창처럼 차 안을 휘저었다. 알바는 빛 공격을 하는 자가 누구인지 필사적으로 살폈다. 거머리였다. 대림성채 광장에서 알바의 값어치를 따지던 잠수 안경 거머리. 놈이 이마에서 레이저 서치라이트를 쏘아 대며 입맛을 다시고 있었다. 노 박사가 지그재그로 차를 몰았으나 놈은 떨어지지 않고 차에 매달린 채 맨 뒷좌석 창으로 이동했다. 쇠꼬챙이 같은 퍼런 빛이 쌍둥이를 겨냥했다. 놈이 차 위로 기어올라 쌍둥이 머리 위쪽 지붕을 공격하기 시작했다.

쿵, 쿵, 쿵.

잠에서 깬 아이들이 훌쩍대기 시작했다.

"꽉 잡아!"

노 박사가 뒷좌석을 향해 소리쳤다.

끼이이익! 급브레이크를 밟자 놈이 자동차 앞 도로 위로 나동그라졌다. 노 박사가 이내 후진을 시도했다. 앞 좌석 등받이로 몸이 왈칵 쏠렸던 알바는 정신을 차리고 후방 창으로 고개를 돌렸다. 검푸른 하늘 저 멀리에서 호버보드를 타고 다가오는 시커먼 그림자 여럿이 보였다. 기괴한 실루엣만 보아도 거머리들임을 알 수 있었다.

"뒤에 놈들이 와요!"

노 박사는 도로에 너부러져 있는 잠수 안경을 피해 전속력으로 차를 몰았다.

알바는 안전벨트를 풀고 뒷자리로 가 쌍둥이 사이에 앉았다. 알바가 양손을 뻗어 쌍둥이의 손을 잡아 주자 아이들이 흐느껴 울기 시작했다. 며칠간 함께 지내면서 알바는 아이들이 큰 소리로 웃거나 소리 내어 우는 것을 본 적이 없었다. 경계하는 눈빛으로 늘 조심스럽게 움직이는 아이들을 볼 때마다 알바는 어릴 때 혼자 지냈던 시간이 떠올랐다.

엄마는 집을 떠나기 전 똑같은 말을 수없이 반복했다.

"집에 아이가 혼자 있다는 것은 아무도 몰라야 해. 그러니 소리 내지 말고 가만히 있다가 필요할 때만 살금살금 움직여라. 엄마랑 있을 때처럼 창밖을 보고 그러면 안 돼. 아무리 심심해도 절대로 커튼을 젖히거나 창밖을 내다보지 말아라. 누가 문을 두드려도 열어 주지 마. 엄마는 28일 뒤에 꼭 돌아올 거야. 그때까지 혼자서도 잘할 수 있지?"

알바는 엄마의 당부를 지켰고, 약속한 날이 지나도 돌아오지 않는 엄마를 기다리며 소리도 내지 못하고 울었다.

자신들의 이름조차 알려 주지 않는 쌍둥이는 어린 날의 알바와 닮아 있었다.

이지가 운전석 쪽으로 상체를 기울이고 말했다.

"아빠, 여우 터널로 가요. 터널 안에서는 놈들을 완전히 따돌릴 수 있잖아요."

노 박사는 말없이 전방만 주시했다. 이지가 고개를 돌려 알바에게 물었다.

"지금 도심 쪽으로 가면 거머리 떼에게 포위될 확률이 100퍼센트야. 일단 우리 단지로 가는 수밖에 없어."

알바는 머릿속이 복잡해서 아무 대답도 하지 못했다.

어느새 가까워진 거머리들이 자동차를 향해 무기를 던지기 시작했다. 이대로라면 놈들에게 포위되는 건 시간문제였다.

"여우 터널은 아직 멀었어?"

알바가 묻자 이지가 대답했다.

"조금 더 가야 해."

그때 둔탁한 충돌음이 나더니 빠직 소리를 내며 자동차 뒤쪽 유리창에 금이 갔다. 알바와 이지가 눈이 커져서 서로를 바라보았다. 세상 명랑한 이지가 겁먹은 모습을 보면서 알바는 이 자동차가 거머리들의 손아귀에 들어가면 무슨 일이 일어날까 생각했다. 분명 끔찍한 일이 벌어질 터였다. 자신은 말할 것도 없고, 대림성채 밖이니 이지와 노 박사도 안전하지 않을 것이다. 그리고 이 어린아이들까지. 양손에 잡은 쌍둥이들의 자그마한 손을 보자 알바는 소름이 돋았다. 이렇게 작고 여린 아이들에게 끔찍한 일을 겪게 해서는 안 되었다. 알바가 노 박사에게 크게 소리쳤다.

"박사님, 놈들을 조금만 따돌릴 수 있어요? 거리가 벌어지면 제가 내릴게요."

이지가 소스라치게 놀랐다.

"뭐라고? 그건 안 돼. 너무 위험해!"

"나 때문에 일어난 일이야. 내가 놈들을 유인할게. 그동안 쌍둥이 데리고 여우 터널로 가!"

노 박사가 엄중한 목소리로 반응했다.

"너 혼자는 위험해. 그건 안 된다."

알바가 결연한 태도로 노 박사를 설득했다.

"여우 터널에 들어가기 전에 다 잡히게 생겼어요. 그럴 수는 없잖아요."

그때 이지가 눈동자를 반짝거리면서 알바의 말에 동의했다.

"그건 알바 말이 맞아요. 아빠, 우선 놈들과 거리를 최대한 벌려 주세요."

이지는 배낭을 열어 빨간 가발을 꺼내 알바에게 건네주었다. 알바는 가발을 빤히 보며 고개를 저었다.

"이건 네가 써야지. 그래야 놈들이 넌 줄 알지."

이지가 싱긋 웃으며 가방에서 가발 하나를 더 꺼내 흔들어 보였다.

"걱정하지 마. 항상 여벌을 챙겨 다니니까."

알바는 가발을 받아 썼다.

"알바, 쌍둥이가 앉은 좌석 아래를 더듬어 봐."

이지의 말에 알바는 허리를 숙여 의자 밑 공간을 더듬었다. 무언가 만져졌다. 들어 올려 보니 최신형 호버보드였다. 이지가 보드를 받아 들며 말했다.

"하나 더 있을 거야."

알바는 남은 호버보드를 챙기고 이지를 바라보았다.

“이지야, 너까지 위험한 건 진짜 싫어. 보드까지 있으니까 나 혼자 가도 돼.”

“빨간 머리가 두 명이면 쟤들이 얼마나 헷갈리겠니? 그 틈을 노려서 잘 유인해 보자고. 아빠, 거리가 적당해지면 알려 주세요.”

노 박사가 레트로 본부에 연락해 도움을 요청했다. 뭔가 심상치 않은 분위기를 느꼈는지 쌍둥이들은 울음을 그치고 눈치만 살폈다. 자동차는 여우 터널을 향해 폭주 기관차처럼 달렸고 거머리들과 거리가 벌어지기 시작했다. 산지를 따라 뻗은 도로를 말없이 달리던 노 박사가 입을 열었다.

“이 모퉁이를 돌면 바로 차를 세워 주마. 이지야, 어디로 가야 하는지 알지?”

“네, 제가 안전하게 알바 데리고 단지로 갈게요.”

마침내 자동차가 멈추었다. 알바와 이지가 차에서 내려 재빠르게 보드에 올라탄 뒤 동쪽으로 날기 시작했다. 여우 터널에서 멀어지면서 거머리들을 유인하기 좋은 방향이었다. 이지는 정해진 경로가 있는 듯 확실한 방향성을 가지고 앞서 달렸다. 이지 뒤를 따라가면서 알바는 심장이 쪼그라드는 것 같았다. 거머리들을 유인하겠다고 큰소리쳤으나 막상 험악한 무리가 자신을 잡겠다고 뒤를 쫓으니 더럭 겁이 났다.

눈앞에 넓은 평지가 펼쳐졌고 하늘은 보랏빛이었다. 알바는 고개를 들어 하늘을 올려다보았다. 저 멀리 동쪽 끝에서 시작된 불그레한 빛이 검푸른 밤하늘로 번지고 있었다. 동틀 녘, 하늘과 대지의 경계가 모호한 공간을 질주하면서 알바는 감탄했다. 자연은 오묘하고 아름다웠으며 그 안에서 자신과 그 뒤를 추격하는 무리는 한낱 먼지 같았다. 가까이서 보면 흉악한 거머리 무리도 드넓은 자연 안에서는 하찮은 점들에 불과하다는 생각이 들자 알바는 겁날 것이 없었다.

알바가 하늘에 정신이 팔린 사이 이지와의 거리가 벌어져 있었다. 이지는 30도가량 서쪽으로 곡선을 그리며 진로를 바꿔 나아가고 있었다. 그제야 정신을 차리고 이지 쪽으로 방향을 전환한 알바는 거머리 한 놈이 대열을 이탈해 이지 쪽으로 가로질러 가는 것을 발견했다. 알바가 외쳤다.

"이지야! 조심해!"

소리를 듣지 못했는지 이지는 전방만을 주시하고 있었다. 알바는 이지를 향해 힘차게 날았다. 신형 호버보드는 도심에서 타는 일반 보드보다 훨씬 빨랐다. 하지만 거머리들은 추가 모터를 장착해 개조한 보드를 타고 있었다. 거머리 한 놈이 추진 모터 배기구에서 불꽃을 뿜으며 이지와의 거리를 좁히는 중이었다. 알바는 몸을 낮춰 바람의 저항을 줄이고 속도를 냈다. 놈이 이지에게 손을 뻗는 것을 보고 알바가 다시 소리쳤다.

"이지야!"

이지가 고개를 돌려 놈을 발견했다. 놈의 보드가 이지의 보드를 추돌했고 이지는 휘청하며 균형을 잃었다. 알바는 잽싸게 팔을 뻗어 이지의 허리를 감았다. 이지의 보드가 방향을 잃고 맴돌다 놈의 모터로 돌진해 처박혔다. 알바는 이지를 태우고 전력을 다해 전방으로 달렸다. 끈질기게 따라붙어 바로 뒤까지 쫓아온 거머리가 서넛은 되었다. 알바와 이지 두 사람이 탄 1인용 보드는 속도가 확연히 떨어졌다.

"이지야, 우리 잡힐 것 같아. 어떡하지?"

"11시 방향으로 무조건 달려. 조금만 더 버티면 돼."

알바가 따라붙은 거머리 얼굴에 빨간 가발을 벗어 던졌다. 이지도 따라 했다. 바짝 따라붙은 놈들과의 거리를 조금이나마 확보했지만 그 뒤로 바짝 추격하던 몇 놈이 좌우로 벌어져 속도를 내더니 알바와 이지의 양옆으로 나란히 날았다. 두 사람은 놈들에게 포위되었다. 빠져나갈 구멍을 찾아 사방으로 눈을 굴렸으나 마음만 절박할 뿐 방법이 보이지 않았다. 그때 앞에 서 있던 이지가 팔을 뻗어 손가락으로 왼쪽 전방을 가리켰다.

"왔다! 이모들이 도착했어. 알바, 우리 살았어!"

알바는 이지가 가리키는 쪽을 보았다. 멀리서 완전무장을 한 열 명 정도의 무리가 호버보드를 타고 빠르게 다가오고 있었다. 거머리들이 흠칫하며 속도를 늦췄다. 그사이에 알바는 앞으로 나아가 무리에 합류했다. 그들을 보고 이지가 의기양양해져 소리쳤다.

"고마워요, 이모들! 레트로 수비군 파이팅!"

알바는 수비군이라는 사람들을 보고 가슴속에서 뜨거운 것이 올라왔다. 출동한 수비군 열 명 중 여섯 명은 똑같은 얼굴과 몸집을 가진 젊은 여성들이었다. 1세대 보모 안드로이드. 이지가 그들을 이모라 불렀다. 어린아이를 양육하고 보호하는 임무로 완벽하게 프로그래밍된 보모 안드로이드는 누군가를 지키는 정예 부대로 만들기에 최적화된 존재였다. 보모 안드로이드들에게 둘러싸인 알바는 그제야 살았다는 안도감이 들었다. 8년 전, 그날의 일이 알바의 머릿속에 겹쳐져 떠올랐다.

스물여덟 밤만 자면 돌아온다던 엄마는 약속한 날이 지나도 오지 않았다. 엄마가 마련해 놓은 식량은 다 떨어졌고 알바는 굶주림과 공포로 죽어 가고 있었다. 겨울 계절병까지 걸려 열이 펄펄 끓던 어느 날, 낮인지 밤인지 분간할 수 없는 시간이었다. 집 뒤편에서 갑자기 엄청난 소리가 났다. 알바는 이불 속에서 몸을 웅크렸다. 무슨 큰일이 난 건 아닌지 걱정되었다. 커튼 틈으로 살짝 내다보고 싶은 마음이 굴뚝같았으나 그럴 기운이 없었다. 그러다 까무룩 잠이 들었다. 알바가 나중에 생각하기로는 정신을 잃었던 것 같았다. 그 뒤로는 기억나는 게 없으니 말이다.

시간이 얼마나 지났을까, 이불을 걷고 누군가 알바를 안아 주었다. 엄마였다. 엄마는 약속대로 건강한 모습이었다. 알바는 매끄러운 엄마의 볼을 자꾸만 쓰다듬었다. 엄마가 떠난 지 40일째 되던 날이었다.

막강한 수비군은 거머리들을 꼼짝 못 하게 했다. 알바는 이지를 태우고 싸움 지역을 벗어나 안전한 장소에서 잠시 멈추었다. 이지가 워치컴을 켜고 지도를 띄워 알바에게 보여 주며 말했다.

“여우 터널로 들어가면 비밀 통로가 있어. 반대 방향으로 진입하는 길을 알려 줄게.”

안전한 곳에서 이지와 함께 지내고 싶은 생각이 마음 한구석에 있었으나 알바의 머릿속은 엄마로 가득 차 있었다. 엄마를 혼자 둘 수는 없었다. 알바는 이지에게 양해를 구했다. 이지는 알바가 도심으로 돌아가겠다면 자신도 대림성채로 돌아가겠다고 했다. 그곳에 있어야 알바와 연락하기가 수월하다는 것이 이유였다.

알바는 이지를 대림성채 입구에 내려 주고 자신이 타고 온 보드로 갈아탔다.

“꼭 다시 만나자.”

아쉬움이 잔뜩 묻은 이지의 목소리에 알바는 말없이 고개를 끄덕였다.

이지를 두고 도심으로 향하면서 알바는 마음이 이상했다. '꼭 다시 만나자' 라는 약속이 이별을 더욱 실감하게 했다. 알바는 눈물이 나려는 것을 꾹 참고 속도를 냈다.

곧 훤하게 날이 밝았다. 멀리 하늘을 향해 치솟은 타워 시티의 전경이 보였다. 도심 안에서 생활할 때에는 보이지 않던 것들이 알바의 눈에 들어왔다. 타워 시티와 도심 지역의 기하학적인 스카이라인이 깨진 유리 조각처럼 보였다. 높이가 들쭉날쭉한 고층 빌딩에서 반사된 햇빛이 날아와 눈을 찔렀다. 알바는 자신이 거대한 덫 안으로 뛰어들고 있는 것 같은 기분이 들었다.

위험한 거래

기숙사 방을 정리하고 나온 짐이 20인치짜리 캐리어 하나에 꾸려졌다. 방은 내일까지 비우면 되어서 알바는 마지막 샤워를 할 수 있었다.

쏴아아, 차가운 물줄기가 정수리로 쏟아졌다. 알바는 머리에서 얼굴로 흘러내리는 물을 그대로 두었다. 세찬 물줄기가 금세 전신을 적시고 바닥으로 흘러내렸다. 샤워기를 등지고 선 채 등이 얼얼해질 때까지 찬물을 맞으면서 알바는 모든 경우의 수를 생각했다. 자신의 의지로 어찌할 수 없는 경우가 줄줄이 떠올랐다.

'정신 바짝 차려야겠어.'

샤워를 마치고 알바는 가진 옷 중에서 가장 말끔한 흰색 티셔츠와 청바지를 골라 입었다. 그리고 심호흡했다. 다른 건 몰라도 한 가지는 확실하게 처리할 작정이었다. 알바는 통화 목록을 뒤져 백 회장에게 전화를 걸었다. 세 번의 시도 끝에 통화가 연결되었다. 알바가 먼저 전화를 걸어서 백 회장은 조금 놀란 것 같았다. 알바는 바로 본론으로 들어갔다.

"사례금을 먼저 받아야겠어요."

"이봐, 그건 좀 곤란하지. 내가 자네를 어떻게 믿고 돈부터 내주나."

"그건 저도 마찬가지예요. 그러니 둘 중 한 사람은 위험을 감수해야지요. 그게 저는 아니거든요."

"허, 참. 이렇게 막무가내로 나오니 당황스럽군."

"그럼 거래가 성사되지 않은 것으로 알고 전화 끊을게요. 다른 사람을 찾아 보세요."

"아, 아니, 아니지. 내가 안 된다고 대답하진 않았잖아."

알바는 백 회장의 마음이 급해졌다는 것을 눈치챘다. 아무래도 칼자루는 알바가 쥐고 있는 것 같았다. 알바는 묵묵히 백 회장의 반응을 기다렸다.

"일단 만나지. 그 자리에서 바로 송금하는 건 어떻겠나?"

"……."

"알겠네. 내가 위험 부담을 안는 수밖에 없겠군. 어디로 보내면 되겠나?"

"돈 말고 다른 것으로 받겠습니다."

알바는 메디바이오닉스에서 책임지고 엄마를 건강한 모습으로 돌려놓으라고 요구했다. 엄마의 치료가 시작되는 것을 보고 난 뒤에 프로젝트에 참여하겠다고 단호하게 못까지 박았다. 그 말을 들은 백 회장이 버럭 화를 냈다. 엄마의 병명도 모르고 위중한 정도도 모르는 상태에서 책임지겠다는 말은 못 한다는 것이었다. 시간과 비용 문제를 언급하며 백 회장이 언성을 높였다 낮추기를 반복했다. 잠자코 있던 알바가 백 회장이 숨을 고르는 사이에 입을 열었다.

"엄마의 의료 서비스 번호는 A1-002입니다."

수화기 너머로 숨소리만 들렸다. 잠깐의 적막 뒤, 백 회장이 다소 누그러진 목소리로 대꾸했다.

"아, 그건……. 아하, 알겠어요. 잠시 후에 내가 다시 전화하지."

10분 뒤에 백 회장이 긍정적인 답변을 주었다. 당장 응급차를 보내는 것은 불가능하고 내일 오전 8시에 특별 이송 팀을 보내겠노라고 했다. 그리고 비용이 전액 결제된 접수증을 워치컴으로 전송해 주었다. 통화를 마치고 알바는 온라인으로 기관에 접속해 의료 서비스 접수 사항이 진짜임을 확인했다. 기숙사를 벗어나면서 중요한 일을 매듭지은 것이 뿌듯했다. 이제 캐리어를 물품 보관소에 넣고 약속 장소로 가면 되었다.

직원의 안내를 받고 알바는 메디바이오닉스 회의실로 들어갔다. 그리고 의자에 앉자마자 이지가 보낸 문자를 확인했다. 그새 이지에게 걱정 가득한 문자가 여러 통 도착해 있었다. 알바는 백 회장과의 거래 내용부터 메디바이오닉스 본사에 들어온 과정까지 상세하게 써서 이지를 안심시켰다. 이지는 뭔가 수상하다 싶으면 바로 그곳을 박차고 나가라고 당부했다. 상황이 바뀔 때마다 연락하겠다는 문자를 보내고 나서야 알바는 사방을 둘러볼 여유가 생겼다.

U자형 흰색 대리석 테이블과 금빛 프레임을 두른 의자. 청소나 소독 작업이 아니면 들어와 볼 일 없는 공간에서, 평생 앉아 볼 기회가 없을 의자에 앉아 있으려니 알바는 여간 어색한 게 아니었다.

잠시 뒤에 백 회장이 들어와 알바의 맞은편에 앉았다. 미디어에 등장할 때는 수행원을 여러 명 거느리고 있었는데 오늘은 혼자였다. 가까이에서 보니 백 회장은 화면보다 더 늙어 보였다. 백 회장이 테이블 위에 팔을 얹고 손깍지를 끼면서 대화를 시작했다.

"드디어 만났군요."

알바는 경계심을 늦추지 않았다. 이제부터 백 회장은 설명을 늘어놓을 것이다. 사회 공헌 프로젝트라는 거창한 명칭에 속지 말아야 한다. 유려한 언변에 넘어가지 말고 무슨 프로젝트인지 낱낱이 알아내야 한다. 계약 사항은 꼼꼼하게 읽고 확인한 뒤에 서명하는 것을 잊지 말아야 한다. 알바는 눈을 치켜뜨고 회의실 천장에 설치된 감시 카메라들을 훑어보았다. 카메라 여덟 대가 촬영 중이니 적어도 이곳은 안전할 것이었다. '꼭 필요한 말이 아니면 하지 말자. 말을 많이 하면 허점이 드러나는 법이다.'

알바가 아무 반응을 보이지 않자 백 회장이 뜻밖의 말을 꺼냈다.

"알바 양, 엄마를 많이 닮았네요."

엄마 얘기에 알바가 화들짝 놀랐다.

“우리 엄마를 아세요?”

백 회장이 손깍지를 풀고 의자에 등을 기대며 느긋하게 대답했다.

“의료 번호를 받고 자료를 찾아봤지. 자네 모친도 우리 연구 프로젝트에 참여한 적이 있더군.”

알바는 몰랐던 일이었다. 엄마가 여러 일을 전전하며 돈을 벌었다는 것은 알았지만 연구소 얘기는 들은 적이 없었다.

“엄마가 연구에 참여했었다고요?”

알바가 고개를 갸웃하자 백 회장이 미소를 지으며 덧붙였다.

“8년 전 일이니 알바 양이 꽤 어렸을 때겠군. 프로젝트 막바지에 4주간 합숙하는 집중 연구 기간이 있었는데, 그때 엄마가 참여했지. 아주 명랑하고 진취적인 젊은이였어.”

알바는 입을 꾹 다물었다. 그때 엄마는 4주간 입원 치료를 받는다고 했었다. 병이 나아서 돌아오겠다고 했는데 연구소 합숙이라니. 그리고 ‘명랑’, 그건 엄마와

거리가 먼 단어였다. 알바의 기억 속에서 엄마는 늘 진지하고 잘 웃지 않는 사람이었다. 알바는 백 회장이 미심쩍었다. 하지만 엄마에 관해서 궁금한 것들을 물을 수밖에 없었다.

"엄마가 연구소에서 무슨 일을 한 거죠? 4주간 합숙이 끝난 뒤엔 바로 해산했나요?"

백 회장이 알바를 흘깃 보더니 음흉하게 웃으며 화제를 바꿨다.

"그 어머니에 그 딸이라더니, 딱 맞는 말이야. 8년 전 자네 모친도 사례비 대신 다른 것을 받았거든, 허허."

"엄마가 사례비 대신 다른 것을 요구했다고요? 그게 뭐였죠?"

"엄마에 대해 궁금한 게 많은 모양이군. 그 궁금증은 프로젝트가 다 끝나면 해결해 주지. 나도 무기 하나쯤은 가지고 있어야 공평하지 않겠어? 암튼 모녀가 나란히 나의 프로젝트에 도움을 주니 영광이올시다."

백 회장이 정중하게 고개를 숙였다.

알바는 엄마를 아는 사람을 만나서 반가웠다. 게다가 그동안 품고 있던 의문점들이 풀릴 수도 있었다.

약속했던 28일이 아니라 40일 만에야 집으로 돌아온 엄마는 알바를 잘 키우는 일에만 집중했다. 지나치게 일방적이고 융통성이 없었지만 알바는 참을 수 있었다. 자신을 돌보는 손길 하나마다 지극한 정성이 들어 있음을 느꼈기 때문이었다. 엄마는 그렇게 아낌없이 알바에게 몰두했고, 사그라들었다. 집으로 돌아온 지 4년 만의 일이었다. 알바는 엄마를 사랑했다. 웃지 않는 엄마였지만 엄마 말고 달리 누구를 사랑하겠는가.

이미 백 회장은 프로젝트에 관해 설명 중이었다. 알바는 생각에 빠져 앞부분을 놓쳤지만 상관없어 보였다. 메디바이오닉스와 백 회장이 그동안 사회에 공헌한 내용을 나열하고 있었으니까. 백 회장이 회의실 정면 스크린에 화면을 띄우고 새로운 설명으로 접어들었다. 벽면을 가득 채운 동영상은 빈민 지역을 비추고 있었다. 도심 외곽의 빈민가보다도, 대림성채보다도 훨씬 열악한 광경이었다. 폐허에서 사는 환자들, 찢어진 천 쪼가리를 지붕 삼아 누워 있는 노인의 모습, 그리고 오물 가득한 물가에 앉아 있는 아이들까지. 온갖 비참한 장면을 보여 주던 화면이 한 아이를 클로즈업했다. 백 회장이 테이블 하단의 키보드를 탁탁 두드리며 혼잣말을 했다.

"더 생생하게 보는 게 좋겠어."

백 회장과 알바 사이에 홀로그램이 떴다.

"자, 이 아이를 좀 봐 주게. 아홉 살 여자아이야."

옆구리를 바닥에 댄 채 누워 있는 아이의 얼굴과 팔, 다리가 팅팅 부어 있었다. 홀로그램 너머로 보이는 백 회장의 툭 튀어나온 광대뼈와 각진 턱이 더욱 도드라져 보였다. 알바는 힘겹게 누워 있는 아이가 안쓰러웠다.

"저 아이는 어디가 아픈가요?"

"신장 기형으로 태어났는데 사는 게 저 지경이니 손을 못 쓰고 저 나이까지 살았다는군. 아홉 해 인생이 엄청나게 고통스러웠을 게야."

백 회장은 석 달 전에 사회 공헌 프로그램에 이 아이가 선정되었다고 설명하면서 병원으로 이송된 모습으로 화면을 전환했다. 아이가 응급 처치를 받고 각종 검사대로 옮겨지는 동영상이 이어졌다. 홀로그램이 멈추자 백 회장이 한숨을 쉬었다.

"근본적인 치료는 못 하고 원래 살던 곳으로 돌아갔네."

의학 발달로 이미 온갖 질병을 정복했고 인체와의 일

치율을 해마다 갱신하는 인공 신체와 인공 장기가 난무한 세상이었다. 고작 신장 기형을 해결 못 했다는 게 알바는 이해가 되지 않았다.

"인공 신장을 이식하면 되지 않아요?"

백 회장이 기다렸다는 듯이 알바의 질문에 답했다.

"그럴 수 있으면 얼마나 좋겠어. 메디바이오닉스의 인공 신장이야말로 인체와 다를 바 없으니까. 하지만 이 아이는 인공 장기를 이식할 수 없는 특이 체질이지. 그래서 말인데……."

백 회장이 몸을 앞으로 기울이며 진지하게 말을 이어 나갔다.

"신장 이식을 하지 않으면 아이는 머잖아 죽을 거야. 며칠 전 아이가 혼수상태에 빠졌다는 소식이 왔네. 그런데 마침 알바 양이 미래의학센터에서 신체검사를 받은 게지. 자네 신장을 아이에게 이식할 수 있을지 검사해 보니 이식 적합도가 높았고. 이식에 응해 주면 떼어낸 부분은 본사의 최고 연구진이 최상급 브이아이피를 위해 제작한 인공 신장을 달아 주겠네."

알바가 신장 한쪽을 내주면 자신의 엄마와 아픈 아

이, 두 사람을 살릴 수 있다는 것이었다. 흔해 빠진 인공 장기 하나쯤 배 속에 넣고 사는 건 별일도 아니었다.

거래에 응하겠다고 대답한 알바는 생전 처음 서면 계약서를 받아 꼼꼼히 읽고 사인했다. 일이 착착 진행되었다. 직원 한 명을 따라 MB 메디컬로 이동한 알바는 환자복으로 갈아입은 뒤 각종 검사를 받았다. 그 과정에서 몇 차례 피를 뽑고, 알 수 없는 액체를 마셨으며, 온갖 의료 장비 안에 들어갔다. 백 회장이 간간이 나타나 검사 결과를 확인하며 매우 흡족해했다. 알바는 그런 백 회장의 모습을 보고 사회 공헌에 진심인 사람이구나 하는 생각이 들었다.

이동 침대에 누워 미술관 같은 복도를 이동하면서 알바는 병원 내부를 구경했다. 타워 시티 시민들이나 이용할 수 있는 고급 병원에는 인테리어만큼이나 화려한 차림을 한 사람들이 북적거렸다.

검사가 끝난 뒤 알바는 고급스럽고 넓은 병실로 옮겨졌다. 기숙사에서 알바가 쓰던 방의 열 배 이상 큰 방 안에 침대는 하나뿐이었다. 한쪽 벽 통창 너머로 타워 시티 테라스에 조성된 녹지대가 풍경화처럼 펼쳐졌다.

알바는 환자복 주머니에서 워치컴을 꺼내 손목에 찼다. 이지가 보낸 문자가 서른 통도 넘었다. 알바는 얼른 이지에게 전화를 걸었다. 반가운 목소리에 그제야 알바는 안심이 되었다. 미주알고주알 캐묻는 이지에게 알바는 사소한 것까지 속 시원하게 답해 주었다.

"이지야, 나 피곤했나 봐. 졸려."

"그럴 만도 하지. 지난밤부터 너 한숨도 못 잤잖아."

두 사람은 자고 일어나서 다시 통화하기로 하고 전화를 끊었다. 알바는 이지와 주고받은 문자 메시지를 읽어 보다가 까무룩 잠이 들었다.

정전 대란

알바는 무거운 눈꺼풀을 들어 올렸다. 눈앞이 캄캄했다. 눈을 감았다가 다시 떴다. 방 안이 어두워서 주변을 분간하기 어려웠다. 워치컴 손전등을 켜려고 알바가 오른손으로 왼쪽 손목을 더듬었다. 워치컴이 없었다. 워치컴을 차고 있던 손목에는 3센티미터 폭의 실리콘 밴드가 채워져 있었고, 밴드에 연결된 링거줄이 매트리스 아래쪽으로 이어져 있었다. 알바는 이리저리 눈알을 굴렸다. 어둠에 익숙해진 시야에 실내 윤곽이 어렴풋이 들어왔다. 알바가 침대에서 벌떡 일어났다.

'병실이 바뀌었어.'

매우 좁은 공간이었다. 침대 왼쪽으로 손만 뻗으면 닿을 거리에 커튼이 드리워 있고 오른쪽 가까이에는 출입문이 있었다. 알바가 앉아 있는 침대는 중환자용 인큐베드였다. 원격 모니터링으로 진료하고 환자를 간호하며 밴드를 통해 약물이 주입되는 인큐베드. 혼수상태에 빠진 환자나 수명이 다해 가는 노인들의 연명 치료용 침상 위에 있는 자신을 발견하고 알바는 섬뜩한 생각이 들었다. 얼른 밴드를 떼어 내자 주입되다 만 약물이 주룩 흘렀다. 알바는 침대에서 내려와 커튼을 열었다. 창밖이 암흑천지였다. 저 멀리 우뚝 솟은 타워 시티와 그 옆 MB 메디컬 빌딩 불빛만 환할 뿐, 도심을 포함해 도시 전체가 어둠에 휩싸여 있었다.

알바는 고개를 돌려 낯선 실내를 훑어보았다. 아무렇게나 놓여 있는 인큐베드 하나로 방이 꽉 차 있어 병실처럼 보이지 않았다. 삐딱하게 벽에 기댄 인큐베드 헤드의 작동 램프가 모두 꺼져 있었다. 아무리 피곤했다고 해도 여기까지 실려 오는 동안 아무것도 몰랐다는 게 말이 되지 않았다. 알바가 깨어나지 못하게 누군가 의도적으로 약물을 주입했을 가능성이 컸다. 정전 덕분에 약물 주입이 멈춘 것 같았다. 그렇지 않았다면 지금도 정신을 잃은 채 저 위에 누워 있을 터였다. 알바는 주변을 살폈다. 옷과 소지품이 사라져 있었다. 이지에게 연락할 수 있는 워치컴도 함께 말이다. 알바는 머리를 굴렸다. 기꺼이 거래에 응하고 서명까지 했는데 왜 이렇게까지 하는 걸까. 여기는 어디고, 이건 무슨 꿍꿍일까. 어째서 사방이 암흑천지일까. 도심까지 정전된 적은 없었는데…….

'아', 그 순간 알바는 이지에게 들었던 단어들이 줄지어 생각났다.

정전 대란, 대규모 작전.

순간 엄마 생각이 퍼뜩 떠올랐다. 엄마의 보조 배터리 칩을 충전한 게 언제였더라. 알바는 머릿속이 하얘졌다. 정전되고 시간이 얼마나 지났는지도 알 수 없고 앞으로 얼마나 더 지나야 전기가 돌아올지도 모른다. 방전된 배터리가 꺼지는 건 시간문제였다. 재작년에 배터리를 방치된 채로 두었다가 다시 전원이 들어오지 않아서 엄마를 잃을 뻔한 경험이 있지 않은가. 마음이 급해진 알바는 작동이 멈춘 인큐베드 여기저기를 샅샅이 더듬었다. 배터리 삽입구는 침대 헤드 오른편 하단에 있었다. 엄마가 사용하는 것과 같은 종류의 배터리였으나 보조 칩이 끼워져 있지 않았다.

알바는 병실 문을 열고 밖으로 나갔다. 어두운 복도에는 아무도 없었다. 복도 양옆으로 병실이 늘어서 있었다. 알바는 옆 병실 출입문의 기다란 쪽창을 들여다보았다. 창 너머 병실 안에는 인큐베드 네 대가 있었는데 유리 덮개를 씌운 침상마다 환자가 누워 있었다. 거기에도 의료진은 보이지 않았다. 알바는 살그머니 문을 열고 병실 안으로 들어갔다. 유리 덮개 안에 누워 있는 사람들은 중년의 남성들이었다. 인큐베드 헤드에는 초록색 램프가 켜져 있고 배터리 삽입구에 보조 칩이 끼워져 있었다. 하지만 알바는 작동 램프의 약한 불빛이 드리운 환자들을 보자 칩을 뺄 수가 없었다. 그들이 숨을 쉬고 있었기 때문이다. 보조 칩을 빼면 환자들이 죽을지도 몰랐다. 알바는 옆 병실, 그리고 다시 앞 병실로 다니면서 빈 침대를 찾아 보았다.

세 번째로 들어간 병실에서 알바는 낯익은 이름을 발견하고 침상 앞에 멈춰 섰다. 인큐베드 헤드에 붙은 환자 인식표를 다시 한번 확인했다. 2주 전, 지병 치료차 외국으로 떠난다던 총리였다. 연일 대형 전광판 뉴스에 보도되며 떠들썩했기 때문에 알바도 익히 알고 있는 사람이었다. 알바는 유리 덮개 안에 누워 있는 환자를 내려다보았다. 화면에서 보았던 낯익은 중년 여성이 손목에 총리의 이름이 적힌 밴드를 차고 있었다. 늘 단아한 투피스 차림으로 공개 석상에 등장해 인기가 높은 그 총리가 분명했다. 알바는 눈을 부릅뜨고 다른 환자들의 인식표를 차례로 읽어 나갔다. 자세히 보니 하나같이 돈과 명예를 가진 중장년의 고위급 인사들이었다. 의료진 한 명 없는 이곳에서 이 사람들이 왜 이러고 있는 것일까.

'그러면 나는?'

알바는 등골이 서늘해졌다. 당장 이 음험한 곳에서 도망쳐야 한다는 경보가 뇌에서부터 말초신경까지 요동쳤다. 알바는 병실을 뛰쳐나왔다. 엘리베이터는 정전으로 작동되지 않았다. 복도 양쪽 끝을 보았으나 비상구 표시도 보이지 않았다. 심장이 미친 듯이 뛰었다. 복도를 따라 발을 내디딜 때마다 자신의 거친 숨소리가 귓가에 울렸다. 얼마나 달렸을까. 구식 건축물에서 흔히 볼 수 있는 중앙 계단이 나왔다. 알바가 계단 아래로 발을 내려디디려던 순간, 미미한 불빛이 눈에 들어왔다. 위층으로 오르는 계단 쪽 병실에서 새 나오는 빛이었다. 알바는 희미한 불빛을 향해 홀린 듯 다가가 좁고 기름한 외짝 창으로 빛이 새 나오는 안쪽을 들여다보았다. 넓은 병실 가운데 환자가 없는 빈 인큐베드가 놓여 있었다. 알바는 미닫이문을 살며시 옆으로 밀었다. 다른 병실의 두 배쯤 되는 공간에 침상 한 개, 그리고 침상 맞은편에 내실이 하나 있었다. 반투명 유리문을 사이에 둔 내실 안이 환했다. 알바는 잽싸게 인큐베드 헤드를 더듬어 보조 칩을 뺐다.

“야! 너 뭐야!”

알바는 놀라서 칩을 떨어뜨리고 말았다.

“내가 가만히 보고만 있을 줄 알아?”

쭈뼛거리며 알바가 천천히 고개를 돌렸다. 호통 소리는 내실 안에서 난 것이었다. 알바는 덜덜 떨며 두 손으로 입을 막고 숨을 내쉬었다. 발등에 떨어져 튕겨 나간 보조 칩을 찾으려고 알바가 엎드려 두 손으로 바닥을 더듬었다. 그러면서 안쪽에서 들려오는 대화에 귀를 쫑긋 세우고 여차하면 도망갈 태세를 취했다. 내실 안에서는 남자 두 명이 옥신각신하며 서로 언쟁하고 있었다. 방금 언성을 높인 사람이 목청을 가다듬고 뭔가를 회유하는 듯했으나 상대방은 호락호락하지 않았다. 그러자 격앙된 목소리의 남자가 당장 시작하지 않으면 가만두지 않겠다고 상대를 몰아붙였다. 나머지 남자는 병원 건물이 낙후해 비상 발전기 용량이 부족하다며 버텼다. 그러자 다시 큰 소리가 났다.

"한꺼번에 다 하려니 용량이 부족한 것이고. 내 수술 하나만 집도하면 되잖아!"

알바는 무릎을 꿇고 열심히 바닥을 더듬었다.

상대 남자가 만만치 않게 맞섰다.

"병실에 누워 있는 저 대단한 분들이 아무런 조치도 취하지 않았을 것 같아요? 우리가 파악하지 못할 만큼 정교한 감시 카메라가 병원 곳곳에 수없이 설치되어 있다고요. 고객들과의 약속을 어기면 이곳은 물론이고 저도 끝입니다. 백 회장님은 다섯 분 중 마지막 순서예요. 전기가 들어올 때까지 기다리십시오."

'백 회장?' 의아해할 틈 없이 알바의 손가락 끝에 엄지손톱만 한 칩이 닿았다. 칩을 손안에 넣고 알바는 신경을 온통 내실 쪽으로 기울였다. 탁탁, 책상을 두드리는 소리, 그 뒤로 한 마디씩 또렷하게 끊어 말하는 백 회장의 말소리가 알바의 귀에 꽂혔다.

"거머리들한테 조달받는 사육된 장기들은 전부 마다하고, 조직 적합성 높은 장기 찾느라고 내가 얼마나 오래 참았는지 알잖소! 운 좋게 미래의학센터에 보호자도 없는 깨끗한 심장이 굴러들어 온 것도 다 내 복이라고. 자, 이러지 말고 우리 머리를 좀 써 봅시다. 음…… 응급, 그래. 응급 환자는 어느 병원에서나 순서와 상관없지 않은가. 신장, 비장, 폐, 그리고 간 비용까지 내가 두 배로 보상하겠소."

알바는 그 자리에서 얼어붙었다. 이제야 백 회장이 직접 알바에게 전화를 걸었던 이유, 그 이후 일이 수행원과 직원도 없이 은밀히 진행되었던 이유, 그리고 이 수상한 공간에 있기까지 모든 과정에 대한 의문이 풀렸다. 사회 공헌 프로그램은 알바를 끌어들이기 위한 계략이었다. 백 회장은 계획이 새 나가지 않도록 치밀한 계산 하에 모든 과정을 손수 진행했다. 그리고 돈을 미끼로 알바를 속이고 밀실에서 알바의 장기를 꺼낼 순서를 놓고 논쟁 중인 것이다. 알바가 벌떡 일어섰다. 하나밖에 없는 남의 몸을 놓고 이게 무슨 짓인가. 알바는 부들부들 치가 떨렸다. 백 회장에게는 발톱 조각조차도 내주기 아까웠다. 순간 알바는 자신의 신체가 세상 무엇과도 바꿀 수 없이 귀하다는 사실을 깨달았다.

알바는 보조 칩을 손에 말아 쥐고 병실을 벗어났다. 정신없이 두 층을 뛰어 내려가자 방화문이 보였다. 정전된 덕분에 방화문의 잠금 시스템이 꺼져 있었다. 알바는 철제 방화문 수동 손잡이를 비틀고 밖으로 나갔다. 계단 옆 경사로를 따라 내려가다가 뒤를 돌아보니 어둠 속에 드러난 건물은 안에서 보던 최첨단 병원 시설과는 완전 딴판이었다. 칙칙한 5층짜리 구형 건물의 외관은 낡고 페인트가 벗겨져 세월의 흔적이 여실히 드러나 있었다. 겉보기에는 버려두어 사용하지 못하게 된 폐건물이었다.

알바는 전방으로 고개를 돌리고 좌우를 살폈다. 멀리 우뚝 솟은 타워 시티의 불빛이 보였다. 알바는 불빛을 향해 내달리기 시작했다.

탈출

숨이 차올랐다. 알바는 기역 자로 허리를 구부리고 숨을 거칠게 몰아쉬었다. 오른쪽 발바닥에 뭔가 박힌 것 같았다. 한 치 앞도 보이지 않는 밤길로 무작정 뛰어들고 나서야 알바는 자신이 맨발인 걸 알았다. 인적이 없는 아스팔트 도로는 움푹 파이고 깨진 구간이 많았다. 아스팔트 조각이 발바닥을 찔렀으나 끔찍한 곳에서 벗어나는 게 급선무였다. 하지만 방금 따끔 하며 뭔가 박힌 것은 참을 수 없었다. 알바는 길바닥에 주저앉아 발바닥에 박힌 것을 빼냈다. 끝이 날카로운 쌀알만 한 조각이었다. 알바는 길 밖으로 조각을 던지고 몸서리쳤다.

'요만한 게 박혀도 이렇게 아픈데…….'

알바는 고개를 돌려 뒤를 돌아보았다. 시커먼 정적

속에 불뚝불뚝 선 폐건물들이 공동묘지의 비석처럼 보였다. 그 틈바구니에 은폐된 음흉한 병원. 놈들은 알바가 도망친 것을 금방 눈치챌 것이다. 지체할 시간이 없었다. 알바는 자리를 털고 일어났다. 타워 시티는 밤하늘과 대조되어 미니어처처럼 보였다. 쉬지 않고 전력 질주한다고 해도 금방 닿을 거리가 아니었다. 도착할 때까지 배터리가 버텨 줘야 하는데. 알바는 주먹을 불끈 쥐고 엄지손톱만 한 보조 칩을 만지작거렸다.

알바는 뒤뚝거리면서 앞으로 나아갔다. 며칠 사이의 일들이 머릿속을 스쳤다. 타워 시티 노즐 작업 중에 일어난 사고와 키노의 죽음, 대림성채에서 겪은 일들, 그리고 백 회장이 파 놓은 함정에 빠진 것까지. 엄마를 예전 모습으로 되돌리는 것 말고는 다른 욕심을 낸 적이 없는데, 어째서 더 깊은 수렁으로 빠져드는 것일까. 알바는 화가 났다. 자신을 좋아하는 사람의 마음도 눈치채지 못할 정도로 앞만 보고 살았다. 안전한 곳으로 함께 가자는 친구의 손도 잡지 못했다. 그런데 상황은 점점 더 알바를 힘들게 했다. 하염없이 가라앉는 기분 때문인지 아스팔트를 밟는 발소리가 무겁게 들렸다. 그런데 알바의 발소리에 다른 기계음이 섞여 들었다. 서늘한 느낌이 든 알바가 뒤를 돌아보았다.

어둠 저편에서 자동차가 빠른 속도로 달려오고 있었다. 알바는 아스팔트 길을 포기하고 도로변으로 뛰어들었다. 황폐한 언덕 위로 뛰어오르자 자동차도 차도를 벗어나 알바를 추격하기 시작했다. 자동차가 사선으로 달리며 속도를 내어 알바를 추월하더니 큰 원을 그리며 우회해 알바 앞을 가로막았다. 알바는 방향을 틀어 차체를 피해 도망쳤다. 운전석 문을 열고 내린 백 회장이 바짝 따라붙었고 결국 알바는 뒷덜미를 잡혔다. 백 회장이 기고만장해서 목청을 돋웠다.

"어디로 도망가려고? 사방을 둘러봐라, 여기 숨을 데가 있나."

언덕에서 내려다보니 폐건물 쪽으로 드나드는 진입로는 하나뿐이었고 도로변과 언덕은 허허벌판이었다. 알바가 몸부림치며 소리쳤다.

"이거 놔, 이 사기꾼아!"

뒷덜미를 잡은 손을 더욱 세게 움켜쥐면서 백 회장이 윽박질렀다.

"어수룩해 빠진 너를 탓해야지. 따라와!"

자동차가 있는 곳으로 알바를 끌고 가면서 백 회장이 마땅찮은 듯 구시렁거렸다.

"믿을 놈 하나 없어 이런 짓까지 직접 해야 하다니, 쯧쯧. 폐허가 된 이 구석까지 정전시킬 건 또 뭐냐고. 정신 나간 레트로 놈들."

끌려가면서 알바는 사방을 살폈다. 우측 전방에 시커먼 잡초 더미가 눈에 들어왔다. 갈퀴덩굴 군락지를 지나칠 무렵 알바는 백 회장을 냅다 밀어냈다. 중심을 잃고 옆으로 쓰러지면서도 백 회장은 알바를 놓지 않았다. 두 사람은 뒤엉켜 데굴데굴 아래로 굴러떨어졌다. 먼저 정신을 차린 알바가 산기슭을 향해 내달렸고 백 회장이 바로 뒤쫓았다. 잡힐 듯 말 듯 위태로운 순간이 반복되었다.

알바를 다시 잡은 회장은 주먹을 들어 올리더니 한 어절이 끝날 때마다 알바의 안면을 구타하면서 이를 갈았다.

"티끌만 한 오점도 남기지 않으려고! 내가! 이 나이에! 이 몸으로! 손수 이 짓을 다 했는데! 감히 네가 도망을 쳐?"

알바가 바닥에 쓰러지자 백 회장이 냅다 발길질을 퍼부었다. 그러다 갑자기 조용해졌다. 머리를 감싼 채 몸을 웅크리고 있던 알바가 양팔 사이로 올려다보았다. 백 회장이 가슴을 부여잡고 있었다. 알바가 꿈틀거리자 백 회장이 쥐어짜는 목소리로 말했다.

"순순히 따라가면 인공 심장 달아 주마. 너로서는 별로 달라질 것도 없어. 신장이 심장으로 바뀌었을 뿐이라고. 더 반항하면 인공 심장이고 나발이고 없을 줄 알아! 으으윽……."

알바가 반쯤 몸을 일으키자 백 회장이 허리춤에서 총을 꺼냈다.

알바는 악에 받쳐 소리 질렀다.

"그 잘난 인공 심장! 당신이 달면 되잖아!"

백 회장이 두 손으로 알바의 멱살을 잡고 일으켜 세웠다. 권총이 알바의 턱을 찔렀다. 백 회장이 알바를 코앞까지 당기며 경멸 조로 말했다.

"나더러 몸 안에 기계를 달라고? 사용 기한이 끝날 때마다 교체하고, 신기능이 나오면 테스트 대상이 되란 말이냐! 내가 너희하고 같은 줄 알아? 일치하는 항원

숫자가 많은 심장이 때맞춰 나타난 게 우연이라고 생각하느냐? 아니지, 그게 다 나같이 귀한 몸은 최대한 자연스럽게 살라는 하늘의 뜻인 거다.”

자연스럽게……, 어디선가 들어 본 적이 있는 말이었다.

백 회장이 권총을 든 손으로 자신의 가슴을 움켜쥐었다. 기회를 포착한 알바는 얼른 백 회장의 남은 팔을 뿌리쳤다. 하지만 백 회장은 잽싸게 위치를 바꿔 등 뒤에서 알바의 목을 팔로 감았다. 총구가 알바의 관자놀이에 닿았다. 순간 꼼짝없이 포박된 알바의 두 눈이 휘둥그레졌다. 내리막 경사 아래 진입로에서 수십 대의 자동차가 줄지어 폐건물을 향해 전진하고 있었다. 전조등을 켜지 않은 차량들이 미끄러지듯 이동해 폐건물로 위장된 병원을 에워쌌다. 차에서 내린 사람들이 병원 건물을 포위하자 차량에서 일제히 폐건물을 향해 전조등을 쏘았다. 그제야 경찰차와 기동 타격대의 모습이 드러났다. 특수 장비를 갖춘 대원들이 병원 안으로 진입하자 알바를 겨눈 총구가 툭 떨어졌다.

“젠장!”

외마디를 내뱉은 백 회장이 언덕배기 자동차를 향해

달리기 시작했다. 알바는 줄행랑치는 백 회장의 뒷모습과 폐건물 쪽을 번갈아 보았다. 경찰은 백 회장이 야산 중턱에 있는 줄은 꿈에도 모를 것이다. 이대로 두면 경찰들이 병원을 수색하는 사이에 백 회장은 도망갈 시간을 벌게 된다. 현장에서 잡히지 않으면 분명 돈과 권력을 이용해 빠져나갈 구멍을 만들어 낼 것이었다. 그 꼴을 두고 볼 수는 없었다. 알바는 얼른 백 회장의 뒤를 쫓았다. 가슴 통증으로 속도가 느려진 틈을 타 알바는 백 회장을 따라잡았다. 옷을 잡고 늘어지는 알바를 향해 백 회장이 권총을 겨눴다.

"어차피 못 쏠 거 알아."

말은 그렇게 했지만 알바는 진짜 총알이 튀어나올 것 같아 목소리가 떨렸다.

"정말 그럴까? 어차피 곱게 심장을 내놓을 것 같지도 않으니 머리통 박살 내는 것쯤은 일도 아니야."

"그랬다간 저 아래 경찰들이 우르르 몰려올 텐데. 어디 방아쇠를 한번 당겨 보든가."

"혹시 너, 저것들 끄나풀인 거냐?"

알바는 어이가 없어서 헛웃음이 나왔다. 백 회장이

눈을 부릅뜨고 권총으로 알바의 옆통수를 내리쳤다. 알바는 맥없이 바닥에 쓰러졌다. 머리가 띵하고 맞은 부위가 아팠으나 백 회장의 일격은 그다지 치명적이지 않았다. 식식거리며 백 회장이 자동차 쪽으로 뛰어갔다. 알바는 얼른 일어나 백 회장을 추격했다.

"그냥 가면 안 되지. 엄마에 관한 질문에 아직 답을 안 했잖아!"

알바가 백 회장의 등을 향해 온몸을 날렸다. 풀썩, 백 회장이 앞으로 고꾸라지면서 총소리가 천지를 흔들었다. 알바는 벼락같은 소리에 놀라 입을 다물지 못했다. 백 회장은 가슴을 부여안고 고통스러운 신음을 냈다.

"젠장, 네까짓 것 엄마를 내가 알 게 뭐야! 파일에서 읽은 게 전부라고!"

"그 내용이라도 말해! 우리 엄마가 연구소에서 무슨 일을 했지? 그 뒤로는 어떻게 되었냐고?"

"흐흐, 엄마가 보낸 선물은 잘 받은 것 같던데. 으으윽."

백 회장이 가슴을 감싸 안고 몸을 웅크렸다. 아래쪽에서 여덟 대의 드론이 날아오르고 서치라이트가 산등성이를 훑기 시작했다. 알바는 재빠르게 몸을 낮추었다. 지금 여기서 발이 묶이면 안 되었다. 서치라이트가 비추는 반대 방향으로 뛰어가려고 발을 떼는 순간 백 회장이 알바의 한쪽 발목을 덥석 움켜잡았다.

"심장을 내놓기 전까지 너는 아무 데도 못 가!"

알바가 발을 빼려고 하자 백 회장이 필사적으로 발목을 잡고 늘어졌다. 서치라이트가 가까워지고 있었다. 알바는 나머지 발로 백 회장을 떼어 내려 했지만 발은 좀처럼 빠지지 않았다. 하는 수 없이 알바는 자유로운 발로 백 회장을 가격했다. 시원치 않은 발길질 한 번으로는 꿈쩍도 하지 않았다. 알바는 독하게 마음먹고 온 힘을 다해 백 회장의 심장이 있는 쪽 가슴을 내리찍었다. 윽, 외마디를 지르고 가슴을 쥐어뜯으면서 백 회장이 바닥을 뒹굴었다.

알바는 자세를 낮추고 최대한 민첩하게 내달렸다. 현장에서 어느 정도 거리가 벌어질 무렵, 서치라이트가 백 회장을 발견한 것 같았다. 드론들이 백 회장의 자동차 상공에서 조명을 쏘며 제자리 비행을 했다. 알바는 중턱을 따라 뛰었다. 비탈길을 돌아 기슭으로 달려 내려갔고 마침내 아스팔트 도로 위로 올라섰다. 언덕 모퉁이를 완전히 돌아 진입로에 도달하자 폐건물과 경찰들의 모습이 더 이상 보이지 않았다. 알바는 타워 시티 쪽으로 걷기 시작했다. 엄마는 너무 멀리 있고, 알바는 이제 뛰어갈 힘이 남아 있지 않았다. 기진맥진한 채 어둠 속을 터덜터덜 걸으면서 알바는 밤하늘을 올려다보았다. 별이 많았다. 후우, 하늘에 대고 길게 숨을 내쉬었다. 알바의 눈가가 촉촉해졌다. 뒤쪽 멀리에서 누군가 외치는 소리가 들렸다.

"거기 서! 멈추라고!"

하늘을 응시한 채 알바는 한숨을 내쉬었다.

'제발 나 좀 내버려 둬.'

알바는 손등으로 눈가를 훔쳤다.

'……너무 힘들어.'

알바의 주의를 끌려는 것인지 뒤에서 계속 소리를 질렀다. 알바는 숨을 크게 들이쉬고 다시 달리기 시작했다. 고래고래 외치는 소리가 점점 가까워졌다. 위이잉, 호버보드 소리가 등 뒤로 다가오더니 이내 보드를 탄 사람이 알바 옆으로 나란히 날았다.

"알바, 나야 나. 이지라고!"

알바가 걸음을 멈추고 옆을 올려다보자 이지가 보드에서 내려 알바를 덥석 끌어안았다.

"너한테 무슨 일이 생긴 줄 알고 얼마나 걱정했는지 몰라. 다친 데 없어? 어디 좀 보자."

얼떨떨해하는 알바를 이지가 요리조리 살펴봤다. 이지의 팔을 잡고 알바가 의아해 물었다.

"내가 여기 있는 걸 어떻게 알고 왔어?"

이지가 알바와 눈을 맞추지 못한 채 대답했다.

"설명하기 전에 아빠를 대신해서 사과부터 할게. 알바, 정말 미안해."

"뭐가 미안한데? 이게 다 무슨 소리냐고!"

"흥분하지 말고 내 말을 들어 봐. 처음부터 끝까지 하나도 빠짐없이 설명할게."

그때 자동차 전조등이 진입로를 훤히 비췄다. 알바와 이지는 얼른 도로변으로 피해 몸을 숨겼다. 줄지어 폐건물 쪽으로 향하는 자동차들에는 각종 대중 매체의 로고가 붙어 있었다. 이지가 낮게 속삭였다.

"미디어에서 체포 현장을 생중계할 거야."

방송 차량이 모두 지나가자 쪼그려 앉아 있던 알바

가 일어섰다. 이지가 따라 일어서며 말을 이었다.

"대규모 정전에 대해 말한 적 있잖아. 그게 말이지……."

"아니, 나중에. 지금은 시간이 없어."

알바가 얼른 호버보드에 올라 이지를 향해 손을 뻗었다.

이지를 뒤에 태우고 알바는 도심을 향해 힘차게 날았다.

엄마

'마이크로 칩이라니.'

대림성채를 떠나기 전날 밤, 알바는 저녁 식사를 한 뒤 치료제를 먹고 잠에 빠졌다. 노 박사가 위치 추적 칩을 심으려고 의도적으로 수면제 성분이 섞인 약을 준 것이라고 했다. 쌀알만 한 크기의 마이크로 칩은 오른쪽 엄지와 검지 발가락 사이의 피하에 삽입되어 발각될 일이 없었다.

레트로 조직은 오랫동안 메디바이오닉스와 백 회장의 뒤를 캐 왔다. 화재 사건은 의료 기기와 의료 서비스 가격을 대폭 올리고 신제품을 강매하려는 메디바이오닉스의 자작극이었고, 자재 창고는 화재 시 보험으로 전액을 보상받도록 사전 조치가 되어 있었다.

레트로는 메디바이오닉스가 꾸민 자작극의 단서를 확보해 조만간 미디어에 터뜨릴 예정이었다. 하지만 백 회장은 이상하리만치 신변에 문제가 없었고, 명예직 회장이라는 타이틀 덕분에 메디바이오닉스와 관련된 어떤 처벌도 면할 수 있었다. 백 회장의 악행은 구린내만 풀풀 날 뿐 실체가 없어 레트로들은 속앓이를 하던 중이었다. 그때 알바가 백 회장의 전화를 받았고, 제안을 수락한 것이었다. 노 박사는 알바가 위험에 빠질 것을 예측했다. 더불어 백 회장의 꼬리를 잡을 기회가 될 수도 있겠다는 생각이 들었다.

이지가 마이크로 칩에 대해 알게 된 것은 MB 메디컬 병실에 있던 알바와 연락이 끊긴 뒤라고 했다. 알바의 워치캠이 꺼져 있다는 신호가 계속되자 이지는 아빠에게 상의했고, 그제야 노 박사가 위치 추적 칩 얘기를 꺼낸 것이다. 그 후 노 박사의 제보로 경찰과 레트로가 공조하여 작전을 세웠다.

여기까지가 도심으로 가는 동안 알바가 들은 내용이었다. 보드 위에 나란히 서 있어서 이지는 알바의 씁쓸한 표정을 보지 못했다. 이지가 자신의 워치캠을 벗어 알바의 옆구리 사이로 내밀었다. 워치캠 화면에 동영상이 흐르고 있었다. 미노가 초록 잔디밭에서 공을 차는 모습, 쌍둥이가 맑은 시냇물에서 참방거리는 광경이었다. 이지가 뒤에서 알바의 허리를 안으며 말했다.

"레트로 단지에 할 일이 많아져서 나는 그곳으로 들어갈 거야. 알바, 너도 같이 가자."

"나는 해야 할 일이 있어."

"내일 아침에 너희 엄마가 병원에 이송되는 거 보고 가도 돼. 치료와 회복 과정은 온라인으로 확인할 수 있잖아. 엄마 깨어나면 바로 돌아오기로 하고. 같이 가자, 친구야. 응?"

알바는 말없이 가속 페달을 밟았다.

타워 시티는 가까워졌으나 눈앞의 도심은 여전히 정전 상태였다. 도심으로 들어서자 빌딩 사이 시커먼 계곡마다 홀로그램 자막이 날아다녔다.

'실시간 속보. 불법 장기 매매 및 이식 현장 급습. 백회장의 두 얼굴, 메디바이오닉스와 연관성 집중 수사.'

어둠 속에서 유령처럼 나타났다 사라지는 속보 문자를 읽고 사람들은 경악을 금치 못했다.

기숙사 건물을 지나자 알바는 엄마에게 가는 지름길로 방향을 바꿨다. 불 꺼진 상가 골목은 키노와 나란히 걸었던 길이었다. 알바는 그날 밤의 모습이 생생하게 떠올라 키노가 세상에 없다는 게 실감 나지 않았다. 이 길에서 마음을 졸이며 일주일 동안 알바의 뒷모습만 바라보았을 키노를 생각하니 알바는 선득 마음이 시렸다. 전방 11시 방향으로 알바가 단독 작업을 했던 미용실이 눈에 들어왔다. 독특한 모습의 사장이 마지막으로 건넨 말이 생각났다. '자연스러운 모습 잃지 말아요.' 미용실을 지나면서 알바는 자신에게 자연스러운 모습이 무엇일까 하는 의문이 들었다. 금방 명쾌한 답이 떠오르지는 않았다. 다만 앞으로 매 순간 같은 질문을 하고 그 답을 찾아야 한다는 것은 알 수 있었다.

대로변으로 나와 빌딩 앞을 지날 무렵, 120층짜리 건물 전면 전광판에 불이 들어왔다. 상업 광고판은 긴급 전력을 공급받아 정전에서 가장 먼저 풀려난다. 알바는 홀로그램 전광판을 지나 120층 건물의 건너편 골목으로 들어갔다. 광고판을 가득 채운 커다란 화면에 아기를 안고 있는 아름다운 여성의 동영상이 어른거렸다.

불빛을 등지고 한 블록을 달려 알바가 멈춘 곳은 쓰레기 처리장이었다. 초고층 건물 숲에 파묻혀 햇빛 한 줄기 들지 않는 뒷골목이었다. 알바는 보드에서 내려 쓰레기 더미 한옆에 늘어서 있는 컨테이너 사이를 성큼성큼 걸었다. 어둠보다 더 컴컴한 컨테이너 안에 사람들이 살고 있었다. 이지는 쓰레기를 피해 겅중거리며 알바의 뒤를 쫓았다.

맨 끝 컨테이너 문 앞에서 걸음을 멈춘 알바가 손잡이에 묶인 쇠사슬을 풀고 잠금장치를 해제한 뒤 문을 열었다. 그러고는 동굴처럼 눅눅한 컨테이너 안으로 들어갔다. 이지는 안으로 들어설 엄두를 내지 못했다. 이지가 문 앞에서 주저하는 사이, 알바가 컨테이너 안의 창문에 드리운 커튼을 걷었다. 때맞춰 창문과 마주한 77층 빌딩의 전광판에도 불이 들어왔다. 컨테이너 안으로 인공의 빛이 쏟아져 들어왔다.

건물 전면 광고판에 거대한 홀로그램 동영상이 띄워졌다. 파스텔색 원피스를 입은 젊은 여성이 아기를 안고 행복해하는 영상, 장면이 바뀌어 남자아이가 머리카락을 날리며 달려가 미모의 여성에게 안기는 화면이 펼쳐졌다. 컴퓨터 앞에서 학습 중인 여자아이에게 무언가를 설명하는 밝은 표정의 여성이 등장하고 이해했다는 듯 고개를 끄덕이는 두 사람의 모습이 아름다운 색조를 뿌렸다.

알바는 창문 아래 놓인 침대로 다가가 그 앞에 무릎을 꿇었다. 안으로 들어온 이지가 알바 뒤로 다가서다가 멈칫했다. 이지는 입이 떡 벌어졌다. 침대 위에 누워 있는 사람은 알바의 엄마가 아니었다. 아니, 사람이 아니었다. 하지만 이지도 잘 아는 얼굴이었다. 침대에 누운 건, 1세대 보모 안드로이드였다. 오랫동안 방치되어 실리콘 피부가 벗겨지고 부식이 시작된 상태였다. 알바는 능숙하게 안드로이드의 옆구리에서 방전된 배터리 칩을 빼고 보조 칩으로 갈아 끼웠다. 그러고는 안드로이드를 끌어안고 다정하게 말했다.

"많이 기다렸지, 엄마. 미안해."

"아, 알바……."

"나도 알아. 우리 엄마가 조금 다르다는 거."

"……."

"추위와 굶주림으로 정신을 잃은 나를 살린 엄마야.

아직 돌아오지 않은 우리 엄마의 선물이지.”

침대 발치 벽에는 알바가 갓난아기였을 때 사진이 붙어 있었다. 아기를 안고 있는 알바의 엄마는 1세대 보모 안드로이드와 똑같이 생긴 젊은 여성이었다. 이지가 다물어지지 않는 입을 두 손으로 막았다.

파박파박, 사방에 전기가 들어왔다. 컨테이너 밖 세상이 환해졌다. 알바가 일어서서 창밖을 내다보았다. 그리고 잠시 뒤 말을 이었다.

“이지야, 나는 여기 안 떠나. 엄마 올 때까지 로봇 엄마 지키면서 내 삶을 제대로 꾸려 나가 볼 거야.”

77층 빌딩 전면의 홀로그램 동영상이 화려한 색채를 뽐냈다. 젊은 여성과 아이의 웃음소리가 메아리쳤다. 이어 전광판 광고 음성이 컨테이너 안에 울려 퍼졌다.

“메디바이오닉스의 또 하나의 혁명! 2세대 안드로이드, 미소 짓는 보모가 출시되었습니다. 완벽한 외모에 업그레드된 소프트웨어까지. 이제 무표정한 1세대 보모는 그만! 출시 기념 행사로 7월 한 달 동안 구형 안드로이드 보상 판매의 기회를 제공합니다. 놓치지 마세요.”

이지는 창밖을 내다보는 알바의 뒷모습을 바라보았

다. 홀로그램 광고 불빛에 알바의 그림자가 길게 바닥에 드리웠다.

그리고 알바

찬 바람에 뺨이 시렸다. 가죽 코트의 앞섶을 여민 뒤 알바는 후드 끈을 단단히 조여 묶었다. 살얼음이 언 경찰서 계단을 조심조심 내려가는데 워치컴에서 진동이 울렸다. 계단을 다 내려온 뒤 알바가 통화 버튼을 눌렀다. 이지였다.

"알바, 나 엄청나게 떨려."

"어제까지만 해도 아무렇지 않다더니, 갑자기?"

"그러게 말이야. 방송을 탄다는 게 이렇게 부담되는 건지 몰랐지 뭐야. 근데 너 밖이야?"

"응, 경찰서 앞."

"이 아침에 또 진술하러 갔어? 몇 달 내내 불러 놓고 아직도 확인할 게 남았대?"

"아니, 키노 사건은 지난주에 마무리됐어. 오늘은 다른 일로 왔지."

"아아, 엄마?"

알바가 대답하려는데 이지가 드디어 레트로 단지 안으로 방송 차량이 줄줄이 들어오고 있다며 호들갑을 떨었다. 두 사람은 자세한 얘기는 밤에 하기로 하고 통화를 마쳤다. 거의 매일 연락을 주고받는데도 이지와 나눌 얘기는 늘 산더미처럼 생겼다.

메디바이오닉스의 화재 자작극과 백 회장을 위시한 인사들의 추악한 행태가 지난 6개월간 미디어를 뜨겁게 달구었다. 사람들은 분노를 감추지 못했다. 동시에 결정적인 증거를 제보해 진실을 밝힌 레트로를 새로운 눈으로 보기 시작했다. 이지의 말에 의하면 레트로 조직 내에서도 각성의 움직임이 일어났다고 했다. 무작위로 전기 공급을 끊는 식의 폭력적인 작전은 더 이상 하지 않기로 말이다. 레트로에서 추진해 오던 '자연스러운 인간, 자연과 함께하는 생활' 운동은 각종 미디어에서 재조명된 뒤 대중의 많은 공감을 받았다. 레트로 내에서는 과학과 의학의 활용에 대한 수용 범위를 넓히자는 의식 전환이 일어났다. 그리고 마침내 오늘, 레트로 단지가 언론에 처음 공개되는 날이었다.

잔뜩 흐린 날씨에 갑자기 추워져서 전신이 오그라들었지만 알바는 바로 집으로 가지 않고 메디바이오닉스 사옥으로 향했다. 사람들이 북적이는 1층 로비를 뚫고 지나가는데 누군가 알바의 어깨를 톡톡 쳤다.

"알바 맞지?"

알바가 뒤를 돌아보았다.

"어? 엄 박사님, 안녕하세요!"

메디바이오닉스의 새로운 회장이 된 엄 박사가 알바에게 따라오라는 손짓을 했다. 백 회장이 구속된 뒤로 MB 재단은 재단 구성원들 간의 직선제로 회장을 선출하기로 했다. 엄 박사는 1세대 보모 안드로이드의 탄생에 공헌한 언니의 유지를 받들겠다고 공약하며 출마했다. 그리고 절대적인 지지를 받아 회장으로 선출되었다.

엄 박사가 안내한 곳에 엄마가 있었다. 강당만큼 널찍한 안드로이드 체험관에서 엄마는 1세대 보모 안드로이드 대표로서 고객을 응대하고 있었다.

"알바 씨, 난 회의가 있어서 이만 가 볼게요."

엄 박사가 눈을 찡긋하고 자리를 떴다. 엄 박사가 회장이 되고 가장 먼저 한 일은 1세대 보모 안드로이드에 관한 자료를 정리하는 일이었다. 그 과정에서 초기 샘플 안드로이드가 두 명이었다는 사실이 드러났다. 자재 창고 화재로 1세대 샘플 안드로이드가 전소된 터라 엄 박사는 무척 기뻤다. 게다가 남은 샘플이 애프터서비스 센터에서 의료 서비스를 받으려고 대기 중이라니. 엄 박사는 그길로 달려가 알바의 엄마를 소생시켰다. 그리고 알바에게 연락해 두 가지 소식을 전했다. 1세대 보모 안드로이드 A1-002를 완벽하게 재건했다는 것과, 이제 알바가 안드로이드의 보호자로 정식 등록해야 한다는 것이었다. 엄 박사 사무실에서 등록 절차를 밟을 때 알바는 1초도 고민하지 않고 피보호자 이름 칸에 '마리'라고 입력했다. 그리고 나쁜 소식도 있었다. 복원 과정에서 엄마의 메모리 대부분이 삭제되었다는 것이다. 매년 업데이트를 해 주어야 하는데 엄마는 한 번도 업데이트한 기록이 없으니 피할 수 없는 결과라고 했다. 그나마 일부 남은 기억과 기능으로 긴 세월 버텨 준 것이 기적에 가깝다고 했다.

응대하던 고객이 자리를 뜨자 엄마가 알바를 향해 다가왔다.

"알바 왔구나. 밥은?"

메모리의 89.7퍼센트가 삭제되었는데도 엄마는 알바를 알아보았고 볼 때마다 끼니를 걱정했다. 알바는 그것만으로 충분했다. 알바가 엄마의 어깨를 안으며 물었다.

"엄마, 힘들지 않아?"

"저희 1세대 보모 안드로이드는 잔고장을 최소화한 완벽한 프로그램을 기반으로……."

"하하, 알았어. 엄마 무지하게 튼튼한 거 나도 알아."

"……알바야, 밥 먹어야지."

"응, 나 집에 가서 밥 먹을게. 엄마 일해. 내일 또 올게."

헤어지는 인사말에 반응해 엄마가 천천히 방향을 돌려 새로운 고객을 맞았다.

몇 달 전에 출시된 2세대 안드로이드는 프로그램 오류와 약한 내구성으로 말썽을 일으키다 석 달 만에 전량 리콜 사태를 빚었다. 그 일로 1세대 안드로이드의 주가가 훌쩍 뛰었고 인기는 한없이 높아졌다. 엄마는 한결같은 표정으로 고객을 대하고 있었다. 엄마의 옆모습을 물끄러미 바라보다가 돌아서 나온 알바는 건물을 빠져나와 걷기 시작했다. 구름 낀 하늘을 올려다보고 걸으면서 알바는 마음이 편안했다. 이제야 모든 일이 자연스럽게 제자리를 잡았다는 생각이 들어서였다.

안드로이드 엄마는 이제 안전한 장소에서 가장 잘 맞는 일을 하며 지낸다. 원하면 언제든지 엄마를 만날 수 있으니 알바가 더 바랄 것이 없었다. 알바는 아직 돌아오지 않은 엄마를 가만히 앉아서 기다리지 않기로 했다. 결과를 마주할 용기가 없어서 망설여 온 일을 오늘 아침에 실행했다. 엄마의 실종 신고를 접수한 것이다. 경찰서에서 실종 시점이 10년 이내인 사건은 수사 대상이라는 말을 듣고 알바는 안도했다.

키노는 불명예를 벗었다. 진실을 밝히려고 알바가 경찰서에 찾아갔을 때 이미 경찰은 타워 시티의 감시 카메라를 통해 관리소장의 과실을 탐지한 뒤였고 카메라에 찍힌 알바를 수배 중이었다. 알바의 진술로 관리소장의 잘못이 확인되었고 '임시직 개인의 과실'은 없었던 것이 밝혀졌다. 관리소장은 작업 전에 시스템 자동 모드를 해제하지 않은 과실과 무자격자를 불법 고용해

공금을 유용한 혐의로 구속되었다. 알바는 6개월간의 자숙 처벌을 받았다. 자숙 기간 내에는 국가가 지원하는 어떤 혜택도 받을 수 없고 시스템 내 기관에 취업할 수 없다. 그나마 알바가 자수했기 때문에 비교적 가벼운 처벌로 끝난 것이었다.

알바는 햄버거 가게에서 버는 돈으로 소박하지만 안정된 생활을 하고 있다. 우선 엄마의 의료비 부담이 없어진 것이 큰 이유였다. 더불어 지난 몇 달간 겪은 일 덕분에 파워 신체 비용을 모으느라 전전긍긍할 필요도 없어졌다. 알바는 향상된 기능을 얻으려고 자신의 몸을 개조하는 일은 하지 않기로 결정했다. 자신에게 맞는 자연스러운 모습에 대한 첫 결정이었다.

집 앞에 도착한 알바는 고개를 젖혀 하늘을 올려다보았다. 하늘을 가득 메운 잿빛 구름에서 금방이라도 뭔가 쏟아져 내릴 기세였다. 알바는 시린 공기를 한껏 들이켰다. 코를 통과한 찬 공기가 폐포를 지나 모세혈관으로 짜르르 퍼졌다. 알바가 현관 잠금장치 비밀번호를 누르고 컨테이너 집으로 들어갔다. 가죽 코트를 벗어 의자 등받이에 걸자 워치컴에서 진동이 울렸다. 이지에게서 온 홀로그램 영상 전화였다. 알바는 의자에 등을 기대고 앉아 통화를 시작했다.

"이지야, 촬영 끝났어?"

"아니, 지금 휴식 시간이야. 밤 장면도 촬영해야 한대. 밤늦게 끝날 것 같아. 넌 집에 들어왔네?"

"응, 내일 새벽에 햄버거 가게 나가야 해. 컨디션 조절해야지."

"그런데 알바, 너도 오늘 단지에 들어올 걸 그랬어."

"내가? 왜?"

"쌍둥이 인터뷰하는데 네 이름이 나왔거든. 감독이 너를 막 찾더라."

다리를 쭉 뻗어 편한 자세를 취하며 알바가 그저 미소를 지어 보였다. 이지가 재미난 에피소드를 연이어 읊더니 불쑥 키노 이야기를 꺼냈다.

"미노가 보조 피디를 붙잡고 자기 형이랑 네 이야기를 늘어놓는 바람에 스텝들이 한바탕 또 너를 찾았다니까."

"에이, 됐어. 나는 지금 자숙 기간이야. 조용히 지내야 한다고."

"아, 그렇지. 그래도 방송은 괜찮을 것 같은데. 게다가 키노가 레트로에서 맡았던 임무를 네가 물려받아서 하고 있잖아. 얼마나 아름다운 사연이니. 지난 몇 달 동안 네가 구출한 아이들이 열두 명이나 되고. 네가 아무리 아니라고 해도 넌 이미 레트로 식구야."

알바가 다시 미소 지으며 대꾸했다.

"자꾸 끌어다 붙이지 마. 그냥 네 친구만 할래."

이지가 호탕하게 웃었다. 알바는 의자에서 일어나서 창가로 자리를 옮겼다. 이지가 다급하게 누군가에게 손짓하는 모습이 보였고 금세 아이들이 모여드는 영상이 펼쳐졌다. 살이 통통하게 오른 쌍둥이 형제가 두 손을 흔들며 엉덩이춤을 추었고 미노가 볼을 발그레 붉히며 함박웃음을 보여 주었다. 단체로 왁자지껄한 인사가 오고 갔다.

통화를 마치고 알바는 한참 동안 창밖을 내다보았다. 그리고 하늘을 올려다보며 낮은 목소리로 혼잣말을 했다.

"뭐가 오려나 봐."

알바는 엄마와 조그마한 눈사람을 만들었던 게 생각났다. 대여섯 살쯤이었던 것 같다. 그 기억 속에서 엄마는 웃고 있었다. 눈사람을 받쳐 들고 신이 난 알바를 바라보며 행복한 미소를 짓던 엄마의 모습.

창틀에 머리를 기대고 꾸물거리는 하늘을 향해 알바가 속삭였다.

"눈이 오면 좋겠다. 그리고 엄마도……."

에필로그

엄 박사가 마리의 눈을 가만히 들여다보며 되물었다.

"정말 할 거예요?"

마리가 눈을 부릅뜨고 대답했다.

"네! 하게 해 주세요."

"다른 지원자들이 다 꺼리는 일을 왜 하겠다는 거죠?"

"그 사람들은 가족도 있고 주변에 지인들도 많아서 곤란한 거예요. 저는 아무도 없어요. 그러니 제가 적격이라 생각합니다."

엄 박사가 손바닥으로 턱을 문지르며 고민하는 눈치였다. 마리는 틈을 놓치지 않았다.

"누구보다 박사님이 제 마음을 잘 아시지 않나요?"

엄 박사가 눈을 치켜뜨고 안경 너머로 마리를 응시했

다. 매사에 정확하고 흐트러짐 없는 엄 박사의 눈동자가 흔들리고 있었다. 마리가 미소 지으며 말을 돌렸다.

“박사님도 엄마잖아요. 저는 병들어 죽어 가는 엄마예요. 딸아이는 이제 여덟 살이고요. 혼자 남을 아이에게 도움이 될 수 있다면 저는 뭐든지 할 수 있어요.”

마리는 오랫동안 지병으로 고생 중인 엄 박사가 결국엔 허락하리라는 것을 알고 있었다. 쫓기는 사람처럼 보모 프로젝트에 매달리는 것을 보면 엄 박사에게도 절실한 이유가 있는 게 틀림없었다. 동병상련이라고 같은 처지에 있는 사람끼리 서로 가엾게 여기게 마련이었다. 엄 박사가 다소 누그러진 목소리로 말했다.

“신체 모형 뜨는 과정은 꽤 힘들어요. 건강이 더 나빠질 수도 있다고요.”

“상관없어요. 그것 말고도 박사님을 도울 일이 있으면 다 도와드릴게요. 얼마나 더 살 수 있을지는 모르지만 제 생명 다하는 순간까지요.”

시선을 다른 곳으로 돌리며 엄 박사가 부드럽게 대꾸했다.

“사람 그렇게 쉽게 죽지 않아요.”

‘정말 그러면 좋겠어요.’ 마리가 입속으로 웅얼거렸다.

마리는 지난 1년간 엄 박사의 연구실 청소를 혼자서 도맡았다. 까탈스러운 엄 박사의 위생 기준을 충족시키는 유일한 사람이었다. 어느 날, 연구실을 청소하다가 마리는 보모 안드로이드 개발에 대해 알게 되었다. 프로젝트는 완성 단계였고 마지막 모성 프로그래밍을 위해 스무 명의 표본 대상자를 뽑아 합숙 계획만을 남겨 놓고 있었다. 마리는 엄 박사에게 4주간의 합숙에 동참하겠다고 졸랐다. 그즈음 마리는 건강이 급격하게 나빠지고 있었다. 엄 박사는 마리의 상태를 눈치채고 있어 처음에는 말렸으나 결국 허락했다.

연구소 내 합숙 프로그래밍은 순조롭게 진행되었다. 그리고 24일째 되던 날, 메디바이오닉스의 총수인 백 회장이 연구소를 방문해 프로젝트의 진행 상황을 시찰했다. 그 자리에서 엄 박사는 연구 책임자로서 자격 미달을 운운하는 악담을 들었다. 백 회장은 몇 가지 주요 지시사항을 남기고 떠났다. 첫째, 기업 전략상 1세대 보모 안드로이드의 수명을 더 짧게 만들라. 둘째, 애프터서비스는 과대광고하여 판매를 촉진하되 부품의 내구성은 약하게 제작하라. 그래야 제품 회전율을 높일 수 있다. 셋째, 판매율을 높이기 위해 보모 안드로이드의 외모는 컴퓨터로 계산된 완벽한 미인형으로 하라. 엄 박사는 눈 하나 깜빡하지 않았다. 백 회장이 떠난 뒤 스무 명의 표본 대상자들과 일일이 상담하며 엄 박사는 보모의 얼굴이 될 사람을 찾았다. 아이의 양육을 맡은 보모는 자연스러운 얼굴이어야 한다는 게 엄 박사의 확고한 의지였다.

그렇게 마리는 1세대 보급형 보모 안드로이드의 얼굴 모델이 되었다. 다른 참가자들은 4주간의 합숙을 마치고 귀가했으나 마리는 혼자 남았다. 신체 모형을 뜨는 공정이 시작되기만을 기다리면서 마리는 초조했다. 알바와 약속한 날짜가 지났다. 만약의 경우를 대비해 먹을 것은 조금 더 준비해 두었으나 어린아이가 혼자 지내기 힘든 겨울이었다. 연일 미디어에서는 계속되는 혹독한 추위에 동사자들이 속출하고 있다는 보도가 나왔다. 엄 박사는 어찌 된 일인지 프로젝트 초기의 열정적인 모습이 사라지고 연구실 소파에서 느른하게 쉬는 시간이 많았다.

연구실에서 자료 정리를 하던 마리가 손을 멈추고 엄

박사에게 물었다.

"박사님, 요즘 어디가 많이 안 좋으세요?"

엄 박사는 컴퓨터 작업을 하던 손을 멈추고 퀭한 눈으로 마리를 바라보았다.

"그렇게 보여요? 난 괜찮은데."

"신체 모형 뜨는 과정은 언제 시작되나요? 제가 급해서요."

"마리 씨 마음 알아요. 내일 백 회장이 출국하면 바로 시작할 거예요. 조금만 더 기다려 줘요."

다음 날, 보모 안드로이드의 얼굴 모형을 뜨는 작업이 시작되었다. 사흘간 수정에 수정을 거듭해 마침내 3D 메이커들이 마리와 완벽하게 닮은 얼굴을 구현해 냈다. 엄 박사는 안드로이드 샘플 두 명이 완성되었다며, 그중 한 명이 마리의 집으로 보내 줄 안드로이드라고 알려 주었다. 마리의 사적인 메모리 프로그래밍을 마치면 사나흘 내로 보모 안드로이드가 직접 집을 찾아갈 것이라고 덧붙였다. 엄 박사는 마리의 기억을 추출해 보모 안드로이드 A1-002에게 이식했다.

마리의 체력은 급속도로 떨어졌다. 잠자리에 들면 다

음 날 눈을 뜰 수 있을지 의문이 들 정도였다. 빨리 알바에게 돌아가야 했다. 그러나 마리의 임무는 끝나지 않았다. 백 회장이 해외 일정으로 정신없는 사이에 엄 박사는 미친 듯이 프로그램을 재입력하기 시작했다. 더불어 마리가 처리해야 할 일도 산더미처럼 쌓였다. 엄 박사는 잘 먹지도 않았고 잠도 거의 자지 않았다. 보모 안드로이드에만 몰두하면서 창백하게 야위어 갔다. 마리는 바쁜 와중에도 집으로 돌아갈 기회만 엿보았다.

늦은 밤, 마리가 숙소로 돌아가기 전에 엄 박사에게 뜨거운 차를 가져다 주었다.

"고마워요, 마리 씨."

엄 박사가 안경을 벗고 마리를 올려다보았다. 병색이 완연한 얼굴에 눈동자가 벌겋게 충혈되어 있었다.

"오늘 밤이 고비예요. 이 작업을 마치고 내일 새벽에 메인 서버에 두 개의 USB만 바꿔 끼우면 모든 게 끝나요. 이건 우리 두 사람만 아는 기밀 사항이고요."

엄 박사는 보모 안드로이드를 백 회장의 상술에 놀아나게 만들 수 없다고 했다. 자신을 돌보는 양육자가 툭하면 고장이 나는 상실감을 아이들이 느끼게 할 수 없다고 덧붙였다. 일단 샘플에 하자가 없다는 것이 확인되면 엄 박사는 바로 1세대 안드로이드 생산에 돌입할 것이라고 했다. 그때는 백 회장도 손쓸 방법이 없다면서 엄 박사가 희미하게 웃었다. 마리는 엄 박사가 보모 안드로이드에 진심인 것이 무척 감사했다.

"내일 집으로 돌아가도록 해요. 그동안 도와줘서 진심으로 고마웠어요."

엄 박사가 마리에게 퇴소 확인증을 건넸다.

마리는 집으로 돌아갈 짐을 쌌다. 알바와 약속한 날로부터 열흘이나 지난 뒤였다.

다음 날, 마리는 가방을 들고 엄 박사에게 작별 인사를 하기 위해 연구실에 들렀다. 엄 박사는 소파에 누워 잠들어 있었다. 책상 위며 연구실 안이 어질러져 있는 것을 보니 밤을 새운 것 같았다. 컴퓨터가 종료되어 있고 모니터는 꺼져 있었다. 어제 엄 박사가 말한 대로 작업을 마친 모양이었다. 마리는 주섬주섬 흐트러진 물건들을 바로 놓고 쓰레기를 모아 휴지통에 넣었다. 예민한 엄 박사가 잠에서 깨지 않게 최대한 소리를 내지 않으며 움직였다. 그때 누군가 연구실 문을 노크하는 소리가 들렸다. 마리는 얼른 뛰어가 문을 열었다. 연구원 한 명이 서 있었다.

"박사님 방금 잠드셨는데. 급한 일이세요?"

"아, 여쭤볼 게 있어서 왔는데. 그럼 다른 박사님께 여쭤볼게요."

마리가 문을 닫고 돌아섰다. 철컥, 문 닫히는 소리가 제법 크게 났다. 마리는 문에 등을 기대고 서서 맞은편 소파를 바라보았다. 소파 등받이를 보고 모로 누운 엄 박사의 등이 보였다. 마리는 고개를 갸웃했다. 이렇게 큰 소리에 아무런 반응을 하지 않을 엄 박사가 아니었다. 마리는 한 발짝씩 소파 쪽으로 걸음을 옮겼다. 그리고 엄 박사의 어깨를 살그머니 흔들었다.

"박사님."

옆구리에 가지런히 놓여 있던 엄 박사의 팔이 힘없이 툭 떨어졌다. 엄 박사의 손에서 USB 두 개가 바닥으로 떨어졌다. 마리는 USB를 줍고 엄 박사의 손을 살포시 받쳐 들었다. 손이 돌덩이처럼 차가웠다. 마리는 놀라서 뒷걸음질을 쳤다. 빨리 누군가에게 알려야 했다. 그런데 누구에게 알려야 할지 몰랐다. 엄 박사는 입버릇처럼 연구소 내에 믿을 사람이 아무도 없다고 했었다.

마리는 손바닥을 펼쳐 USB를 내려다보았다. 엄 박사는 이 프로젝트가 상업적으로 악용되는 것을 막으려고 필사적으로 일했다. 이대로 엄 박사의 사망이 알려지면 모든 일이 헛되게 될 터였다. 그것은 엄 박사가 바라는 일이 아니었다. 마리도 마찬가지였다.

마리는 USB를 손에 쥐고 머리를 굴렸다. 어제 엄 박사가 이 두 개의 칩을 메인 서버에 바꿔 끼우면 모든 게 끝난다고 했었다. 그런데 메인 서버가 어디에 있는 무엇인지 마리가 어찌 알겠는가. 닥쳐 보는 수밖에 없었다. 마리는 주먹을 움켜쥐고 연구실을 나갔다. 샘플 안드로이드와 대형 3D 프린터가 연동된 컴퓨터가 있는 곳으로 향했다. 모든 중요한 일이 일어나는 그 유리 부스 안에 메인 서버가 있을 것이었다.

"마리 씨!"

뛰다시피 복도를 걷던 마리는 자신을 부르는 소리에 화들짝 놀라 뒤를 돌아보았다. 아까 연구실에 왔던 새내기 연구원이었다. 머리를 양 갈래로 묶은 연구원이 마리 옆으로 다가서며 상냥하게 물었다.

"박사님은 아직 주무세요?"

"네, 어제 밤새워 일을 하셔서요. 궁금한 건 해결하셨어요?"

"아, 네. 그런데 어디 가세요?"

"어제 엄 박사님이 메인 서버 근처가 지저분하다고 청소를 부탁하셨어요. 그런데 주무셔서 메인 서버 위치가 어딘지 여쭤보지를 못했지 뭐예요."

"그럼 저랑 같이 가요. 제가 알려 드릴게요."

마리는 치울 것도 없는 부스 안을 분주하게 다니며 청소하는 척했다. 그리고 사방을 휘젓고 다니며 메인 서버에서 두 군데의 삽입구를 확인했다. 연구원들이 점심 식사하러 우르르 나가고 난 뒤에 마리는 성공적으로 USB를 교체했다. 다리가 후들거리고 어지러워서 마리는 어떻게 연구실로 돌아왔는지 모를 지경이었다.

마리는 엄 박사의 뒷모습에 작별 인사를 한 뒤 연구소를 빠져나왔다. 오랫동안 기다려 도심으로 들어가는 트램을 타고 역에서 내렸다. 그곳에서 도심 외곽을 향해 한참을 걸었다. 차가운 겨울바람이 스웨터 속으로 스몄다. 마리는 어깨를 움츠리고 주머니에 손을 넣었다. 연구소에서 바꿔치기한 USB 두 개가 주머니 안에 있었다. 백 회장의 탐욕이 고스란히 담긴 USB였다. 마리는 이 몹쓸 물건을 가루로 만들어 버려야겠다고 마음먹었다.

집에 가까워질수록 마리는 그동안 참았던 알바에 대한 그리움이 터져 나왔다. 몸보다 마음이 앞서 세 번이나 넘어졌다. 무릎에서 피가 나 바지에 흥건하게 배어 나왔다. 마리는 절뚝거리면서 컨테이너 빈민가로 향하는 골목에 접어들었다. 한 블록을 더 간 뒤에 일방통행 도로로 진입해야 보행로가 있었으나 마리는 1분 1초가 급해 지름길을 선택했다. 쓰레기 처리장 북쪽 개구멍을 이용하면 알바가 기다리는 컨테이너가 바로 나오기 때문이었다. 건설 폐기물이 얼기설기 쌓여 있는 임시 통로를 지나 마리는 마침내 컨테이너 빈민가 뒤편으로 들어섰다. 맨 끝 컨테이너의 창문이 보이자 마리는 눈물이 솟구쳤다.

"엄마 왔다, 알바야."

바로 그때였다.

콰아앙. 마리의 등 뒤로 귀청이 떨어질 듯한 굉음이

들렸다.

마리가 뒤를 돌아본 순간, 77층 빌딩 신축 공사장의 무인 골리앗 크레인이 엄청난 양의 폐철근을 쓰레기 처리장으로 떨어뜨렸다. 위태롭게 균형을 잡고 있던 건설 폐기물들이 도미노처럼 무너지기 시작했다. 미처 피할 새도 없었다. 삽시간에 콘크리트 덩어리와 엿가락처럼 구부러진 철근 더미가 마리를 덮쳤다.

해가 저물었다. 부옇게 일었던 시멘트 먼지가 가라앉았다. 건설 폐기물 무덤은 덩치가 커졌을 뿐 이전과 별반 다르게 보이지 않았다.

폐벽돌 조각이 바닥으로 굴러 내리고 잠시 뒤 우그러진 문손잡이가 떨어져 내렸다. 그 사이로 마리가 손을 내밀어 시야를 가린 목재 조각을 걷어 냈다. 거기까지였다. 마리는 폐기물에 전신이 깔려 꼼짝할 수 없었다. 간신히 난 틈으로 마리는 알바가 있는 컨테이너를 바라볼 뿐이었다. 불도 켜지 못하는 창문을 응시하면서 마리는 알바가 창밖을 내다봐 주기를 간절히 바랐다. 마지막으로 딱 한 번만 알바를 눈에 담고 싶었다.

눈이 내리기 시작했다. 마리는 점점 의식이 희미해졌

다. 어둠이 내린 빌딩 숲과 타워 시티 골짜기로 눈발이 흩날렸다. 컨테이너와 쓰레기 처리장 위로 하얗게 눈이 쌓였다.

작가의 말

청소년을 위한 SF 시리즈의 퍼즐 한 조각을 맡고 가장 먼저 떠오른 생각은 '자연스러운 인간'이었다.

작년에 휴대폰이 먹통이 되어 대리점에 간 적이 있다. 이전 기기에 비해 이번 휴대폰은 너무 빨리 못 쓰게 되었다면서 혹시 사용을 잘못해서 그런 건지 물었더니, 신제품을 내어놓으며 직원이 대답했다. 최근 출시되는 배터리의 수명은 1년으로 제작된다고. 망가진 기기도 비교적 오래 사용한 거라고 말이다. 뜻밖의 대답에 나는 적잖이 놀랐다. 직원이 잘 모르고 한 말일 수도 있고, 그저 떠도는 음모론일 수도 있다. 하지만 일부러 수명을 짧게 조작한다는 말은 부자연스러운 이미지로 뇌리에 박혀 질문을 만들기 시작했다.

놀라운 속도로 발전하는 과학과 의학 분야에서 이런

일이 일어난다면? 과학과 의학의 영향을 받는 인간에게도 똑같은 일이 적용된다면? 질문은 생명체처럼 진화를 거듭하더니 마침내 이야기 하나를 만들어 냈다.

열여섯 살 알바는 인간이 과학과 의학의 영향력을 어느 정도까지 수용해야 하는지에 대한 경계가 없는 세상에서 살고 있다. 일련의 사건을 겪으면서 알바는 자신만의 자연스러운 인간상을 정립한다. 난관을 만날 때마다 흔들리지만 다잡고 나아가는 알바. 첨단 과학의 세상 쪽으로도, 레트로의 부름에도 치우치지 않는 알바의 행보는 양쪽 입장에서 보면 분명 '역행'이다. 하지만 알바가 자신만의 '순행'을 하고 있다는 것을 독자들은 알아채고 응원할 것이라 믿는다.

주인공의 이름에 관해 이야기하자면, 알바(Alva)는 사람의 이름이다. 하지만 언젠가부터 사람들은 임시로 하는 일을 뜻하는 '아르바이트'를 줄여서 '알바'라 지칭하더니, 심지어 사람한테마저 "어이, 알바!"라고 부르기 시작했다. 부자연스럽게 통용되는 단어를 자연스럽게 본래대로 사용하고자 주인공 이름을 알바로 결정한 뒤 집필을 시작했다.

장래 희망 칸에 뭐라고 써야 할지 몰라 눈만 껌뻑거리던 어린 저에게 "동화 작가라고 쓰거라" 하신 아버지. 열 살도 되지 않은 저에게서 무엇을 보시고 하신 말씀인지 아직도 모르나, 아버지! 진짜 어린이와 청소년을 위한 글을 쓰게 되었어요. 아버지 덕분입니다. 정말 감사합니다. 청소년 소설에 첫발을 들여놓을 때까지 좋은 선생님이 되어 주신 최영희 작가님 감사합니다. 내 안의 알바를 깨워 작품이 되게 해 주신 전예슬 편집자님께 고마움을 감출 수가 없습니다. 초고의 탄생을 응원해 준 B조 작가님들께도 감사드립니다. 지난 몇 달 동안 묵묵히 기다려 준 가족들과 특히 인생의 전우인 P교수에게 무한한 감사를 드립니다.

저의 작품을 읽은, 그리고 읽지 않은 모든 청소년 여러분.

당신의 역행을 응원합니다!

노란 은행잎이 눈처럼 내리는 날

김 명

알바의 역행

초판 인쇄 2023년 12월 12일 **초판 발행** 2023년 12월 12일

지은이 김명

펴낸이 남영하 **편집** 전예슬 김주연 김가원 **디자인** 박규리 **마케팅** 김영호 변수현

펴낸곳 ㈜씨드북 **주소** 03149 서울시 종로구 인사동7길 33 남도빌딩 3F **전화** 02) 739-1666 **팩스** 0303) 0947-4884

홈페이지 www.seedbook.co.kr **전자우편** seedbook009@naver.com **인스타그램** instagram.com/seedbook_publisher

ISBN 979-11-6051-591-6 (43810)